EL MAGO DE LOS HUESOS

F. E. Higgins

EL MAGO
DE LOS
HUESOS

Traducción de Núria Martí Pérez

Argentina - Chile - Colombia - España
Estados Unidos - México - Uruguay - Venezuela

Título original: *The Bone Magician*
Editor original: Macmillan Children's Books
Traducción: Núria Martí Pérez
Diseño de cubierta: Escletxa, S.L.

Copyright 2008 © *by* F. E. Higgins
All Rights Reserved
© de la traducción 2009 *by* Núria Martí Pérez
© 2009 *by* Ediciones Urano, S.A.
    Aribau, 142, pral. – 08036 Barcelona
    www.mundopuck.com

ISBN: 978-84-96886-16-2
Depósito legal: NA. 2.764 - 2009

Fotocomposición: Ediciones Urano, S.A.
Impreso por Rodesa S.A. – Polígono Industrial San Miguel
Parcelas E7-E8 – 31132 Villatuerta (Navarra)

Impreso en España – *Printed in Spain*

A Andy

Η μεγάλη βλακεία είναι θάνατος

Anónimo

«Y nadie podía superar en fealdad a la Bestia.»

Anónimo, «Cuento de la Bestia Horrorosa», extracto de
Cuentos de hadas y duendecillos traviesos de Houndsecker

La magya de los huesos: práktica anticua de revivir
a los muertos.

Diccionario de Jonsen, hacia 1625

Índice

Índice

Nota de F. E. Higgins

La última vez que nos encontramos yo estaba aislado por la nieve en el antiguo pueblo rural de Pachspass, donde Ludlow Fitch y Joe Zabbidou habían vivido tantas peripecias en *El libro negro de los secretos*. Mientras esperaba que la nieve se derritiera para seguirles la pista, descubrí las semillas de otra historia en una ciudad del sur. Se llamaba Urbs Umida y allí fue adonde me dirigí, porque quería ver con mis propios ojos el lugar del que el joven Ludlow había huido de sus malvados padres.

El río Foedus, que apenas había cambiado con el tiempo, discurría silenciosamente por el centro de la ciudad como siempre. La orilla norte había prosperado, pero la sur estaba prácticamente abandonada. Después de buscarla durante tres días con las pocas pistas que había obtenido de las memorias de Ludlow, encontré la callejuela donde estaba la casa de empeños de Lembart Jellico, el buen amigo de Ludlow. Para mi sorpresa la tienda aún se mantenía en pie y ahora era el señor Ethelred Jelco el que la regentaba vendiendo antigüedades. Fue él quien me vendió la exquisita cajita de madera con los deteriorados restos del diario de Pin y los artículos del *Chronicle* donde leí por primera vez acerca de Benedito Pantagus y Juno.

El Mago de los Huesos no es una continuación de *El libro negro de los secretos* ni lo precede, sino que lo «paracede», como a mí me gusta decir. Los acontecimientos de esta historia ocurrieron al mismo tiempo que las aventuras de Joe Zabbidou y Ludlow Fitch en Pagus Parvus. Para leerla no es necesario conocer la anterior, pero quizá al terminarla quieras leer *El libro negro de los secretos* para saber lo que ocurrió en él.

Aunque no es mi intención darte ningún consejo, sólo deseo revelarte lo que sé.

F. E. HIGGINS
Inglaterra

Prólogo

Diario de Pin

¡Odio con toda mi alma este maldito lugar, esta ciudad de pesadillas! La llaman Urbs Umida, Ciudad Fría y Húmeda, y se merece su nombre. Me ha quitado todo lo que yo más quería. Pero un día me iré de ella, será pronto, cuando sepa la verdad. Cruzaré esas puertas y me alegraré mucho de no mirar atrás. Qué agradable será no aspirar nunca más el olor a podrido y a descomposición, no ver nunca más unos ojos desesperados en las sombras y no oír nunca más el nombre de Deodonatus Snoad o leer las mentiras de su venenosa pluma.

¡Demonios, en este lugar hace un frío terrible! Estamos en invierno, es el último día de febrero. ¡Ay! ¡No puedo escribir más! Tengo los dedos agarrotados. Quiero dormir, envuelto en la oscuridad. A veces creo estar soñando y que pronto abriré los ojos y todo volverá a ser como antes. Pero cuando esta pequeña esperanza se atreve a asomarse en mi corazón, huelo el río y sé que la pestilencia que suelta es muy real.

1

Una extraña compañía

Un cadáver putrefacto a duras penas podría considerarse la compañía más divertida en una noche de invierno, pero Pin Carpue no hacía lo que hacía para charlar, sino por dinero. Esta noche sin embargo las cosas eran distintas. Si el cuerpo que estaba velando —la joven al que pertenecía se llamaba Sybil— hubiera revivido e intentado mantener alguna clase de conversación, él no le habría respondido aunque quisiera hacerlo.

Porque Pin acababa de sucumbir a una soporífera droga.

Sin poder apenas moverse, y mucho menos hablar, estaba en un estado semicomatoso tendido en un banco en un rincón de la oscura habitación. Lo último que su saturado cerebro recordaba era haberse ido de la habitación de la pensión. En cuanto a adónde estaba, era todo un misterio.

Haciendo un gran esfuerzo Pin logró abrir los pesados párpados de sus ojos. Se quedó mirando fijamente la penumbra, pero no era fácil distinguir lo que le rodeaba viéndolo todo doble. Sus pensamientos eran como nubes amorfas deslizándose indolentemente por el cielo. Pero esa sensación, ese mareante zumbido en medio de los oídos no era del todo desagradable, pensó.

Oyó unas voces cuchicheando en alguna parte de la habitación y, de habérselo permitido, le habrían sumido de nuevo en un profundo sueño. Pero otra parte de él estaba lo bastante consciente como para saber que quería mantenerse despierto. A cualquier otro chico le habría resultado imposible mantener los ojos abiertos en tan difíciles circunstancias, pero Pin estaba acostumbrado a estar despierto hasta la madrugada. Era parte de su trabajo.

Del trabajo de velar difuntos.

También tenía un poderoso aliado en el bolsillo, un frasquito de cristal lleno hasta el borde con las aguas del río Foedus. Recoger su pestilente agua no era nada agradable, pero ahora se felicitó en silencio por haberlo hecho antes. ¡Si sólo pudiera alcanzarlo! Sus dedos, normalmente ágiles, eran ahora como de goma blanda e intentó levantar la solapa del bolsillo del abrigo y hurgar en él. Por fin consiguió agarrar el frasquito y sacarlo. Descansó un poco para coger fuerzas y trató de destaparlo. Al no poder hacerlo con la mano, se llevó con gran esfuerzo el frasquito a la boca, era como si estuviera moviendo el brazo por unas profundas aguas, y sacó el tapón de corcho con los dientes. Aspiró largamente el contenido del frasquito. Los ojos empezaron a escocerle y sintió un fuerte picor en las fosas nasales, como si hubiera mordido una semilla de mostaza.

«¡Demonios!», pensó mientras parpadeaba. Pero el brebaje había surtido efecto y al aspirar el contenido por segunda vez volvió en sí. Pin empezó a reanimarse y se concentró en la situación, aunque se sintiera exhausto.

Ahora recordaba dónde estaba. En la *Cella Moribundi*, la sala de espera de los muertos, en el sótano de la funeraria del señor Gaufridus. Por alguna misteriosa razón aquellas personas, las tres sombras que trajinaban alrededor de la mesa en el centro de la habitación, lo habían drogado. No pensó en intentar escapar, sus entumecidos miembros no se lo habrían permitido. Además, le daba la sensación de que no estaban interesados en él, sino en el cuerpo que yacía sobre la mesa.

—Se está despertando.

Al oír la voz de la chica sintió como si le hubieran inyectado una dosis de espanto en las venas. Vio una figura acercándose lentamente a él en medio de la oscuridad. Estaba aterrado y quería gritar, pero no salió ningún sonido de su garganta. Cerró los ojos con fuerza. Si ella creía que estaba dormido quizá le dejaría en paz. Sabía que se encontraba junto a él, porque olía a enebro y a la soporífera droga, unos aromas que no olvidaría fácilmente. Pin sintió el dulce aliento de la joven sobre su rostro.

—Dale un poco más —ordenó una voz de hombre.

—No, creo que sigue dormido —repuso ella. Y después ya no oyó nada más.

Pin lentamente, con precaución, se atrevió a abrir los ojos de nuevo. El agua del Foedus y el efecto duradero de la droga eran una potente combinación que le había dejado en una especie de mundo intermedio. Advirtió que habían vuelto a encender las velas y por las voces supo que se trataba de un hombre mayor, una chica y un hombre más joven (tenía un acento sureño). En el estado en que se encontraba apenas podía hacer nada. Así que siguió observando tendido en el banco, totalmente pasmado, el extraño drama que estaba a punto de representarse ante él.

2

El cementerio

Sólo unas pocas horas antes Pin estaba perfectamente. Abandonó la pensión donde se alojaba, en la calle Carcamal, después de tomar una cena ligera compuesta de cerveza, pan y pescado que ya empezaba a soltar un cierto tufillo, y caminó con dificultad bajo un chaparrón de granizo que se estaba convirtiendo en nieve por minutos. Pin siempre se alegraba de perder de vista la pensión. La calle Carcamal era la peor de la orilla sur del río Foedus, un lugar horrible comparado con el resto de calles. Las otras tenían uno o dos detalles que las hacían más transitables, como una ligera pendiente por la que las omnipresentes y fangosas aguas del río se deslizaban, o unos baches bien repartidos, pero en cuanto a la calle Carcamal no se podía decir nada a su favor.

Las casas altas y estrechas se habían construido de manera chapucera, levantándolas apresuradamente y apiñándolas en el poco espacio que quedaba. Las habitaciones las habían dividido y subdividido tantas veces que todas las casas eran unos auténticos laberintos por dentro. Lo cual dificultaba la labor de los agentes de policía cuando perseguían a los delincuentes. Al igual que las numerosas salidas y callejuelas que había detrás de las casas. Si alzabas la vista, la ligera inclinación hacia delante de los edificios te ponía los pelos de punta. Y también hacía que la gran cantidad de nieve que se acumulaba en los tejados se desplomara periódicamente en medio de la calle. Algunas personas, no obstante, alzaban la vista agobiadas por la nieve y sus propias preocupaciones (y por los posibles carteristas). La calle Carcamal, como apenas estaba iluminada, era un refugio para cualquier clase de delincuente. Algunas noches el farolero ni siquiera aparecía, y aunque a unos pocos esto les resultara muy molesto, hay que reconocer que eran muchos los que se alegraban de poder dedicarse a sus tejemanejes en la oscuridad.

En cuanto al resto de la ciudad, el pavimento de la orilla sur del río estaba en su mayor parte en muy mal estado y las calles eran poco más que un montón de basura insalubre, revuelta a diario por los caballos y los carros de los que tiraban, y por los rebaños de vacas, cerdos y ovejas que pasaban por ellas los días de mercado. Cada noche la pila de basura se helaba por las bajas temperaturas. Y este invierno era inusualmente frío.

La casa de inquilinos de Barton Gumbroot estaba casi al final de la calle. Era un mugriento tugurio que Barton había dividido en la mayor cantidad de habitaciones posibles para cobrar cuantos más alquileres mejor. A Pin siempre le inquietaba volver a su habitación, fuera de día o de noche. Los residentes eran sin excepción gente extraña y cada uno tenía unos rasgos o unos hábitos desagradables, a menudo ambas cosas. En cuanto a Barton Gumbroot, Pin no pensaba confiar en un hombre que intentaba aprovecharse de él a la menor ocasión. Todo el mundo sabía que trabajaba como sacamuelas, otra profesión lucrativa, en el sótano. Noche y día cualquiera podía oír chillidos de dolor saliendo de él, pero nadie tenía estómago para investigarlos. De hecho, Barton le había insinuado en más de una ocasión que podía arrancarle uno o dos dientes a cambio de una semana de alquiler, pero él se había negado. Pin pensaba en estas cosas y en otras mientras caminaba apresuradamente junto al río. Al llegar al puente se detuvo en lo alto de las escaleras de piedra que llevaban al agua.

Los ricos son muy distintos, pensó compungido mientras contemplaba la otra orilla. El Foedus siempre había sido un río apestoso, pero su olor apenas se notaba en la orilla norte por el viento reinante. Incluso el aire que los ricos respiraban era mejor. Desde la escalera Pin podía distinguir las siluetas de las magníficas casas de los ricos. No necesitaba verlas a plena luz del día para saber que tenían relucientes ventanas, una fantástica carpintería, brillantes puertas, impecables pomos de metal, bonitos tejados de tejas rojas y gárgolas con el ceño fruncido.

Y sabía la clase de personas que vivían en ellas, las que se gastan el dinero en frivolidades y en diversiones banales para aliviar su aburrimiento. Y además no habían tenido que trabajar para ganárselo. Dios no permitía que aquellos hombres perfumados que vivían al otro lado del río, con sus puños de volantes y sus pantalones de seda, tuvieran que dedicarse a un trabajo honrado un solo día. Y en cuanto a sus buenas damiselas, de aire desdeñoso y faldas tan anchas que no pasaban por la puerta, se daban la gran vida, bebiendo té, dibujando y cantando. No, aunque la mayoría hubiera heredado su riqueza, esto no significaba que sus antepasados lo hubieran ganado honradamente. Pero el dinero no era lo único que los ricos heredaban. También llevaban en la sangre la duplicidad de generaciones. Tal vez no habían cometido los mismos delitos que los que se perpetraban cada noche al otro lado del río —a los ricos no les gustaba ensuciarse las manos—, pero seguían robando y asesinando a sus semejantes, aunque de una forma más sofisticada y a menudo con una cortés sonrisa en el rostro.

Puede que vivir al otro lado del río sea maravilloso, pensó Pin, *pero me pregunto si es mejor estar en una casa bonita que da a otra fea o estar en una casa fea que da a otra que es bonita.*

Sí, pensó mientras bajaba con cuidado al pegajoso lodo negruzco de la orilla, la vida en este lado del río es dura, sucia y ruidosa, pero a pesar de todas sus cosas desagradables, entre los sureños al menos hay una cierta honradez, si es que se la puede llamar así. Con sólo mirarlos ya sabes lo que son. No pueden esconderse bajo unas prendas y unas palabras bonitas.

La marea estaba baja, pero pronto iba a subir. Pin se dirigió a la orilla del río. Era muy habitual encontrarse en el lodo alguna baratija que se le había caído a algún pescador al agua, pero esta noche Pin tenía prisa y no prestó atención. Se sacó del bolsillo un frasquito de cristal con dos asas y lo destapó. Sosteniendo un asa con delicadeza entre el pulgar y el índice, lo sumergió un poco y lo arrastró hasta llenarlo con la oscura agua del río. Después lo tapó con cuidado y subió corriendo las escaleras de piedra.

El Foedus era famoso en todas partes por el pestazo que echaba, aunque al olerlo cada día te acababas acostumbrando, como ocurre con cualquier cosa a la que te expongas a diario. Pero aquel día el tufillo del Foedus era tan espantoso en Urbs Umida que la gente incluso reparaba en él. Había la teoría de que con el tiempo los urbs umidianos se volvían inmunes a los olores. Esta teoría también se aplicaba a la pasmosa facilidad con la que podían zamparse algo medio podrido impunemente. Si no hueles la comida, no sientes su sabor. Aunque para Pin no era así. Tenía un olfato muy fino y advertía incluso los cambios más sutiles en el olor del río.

Cuando llegó al cementerio, nevaba con fuerza. Cruzó las puertas con la cabeza baja, casi topándose con una joven que salía de él. Ella levantó sus pálidas manos asustada. Pin al rozarla olió el tenue aroma que despedía, era mucho más dulce de lo que podía esperarse, y sintió el deseo de farfullar una disculpa antes de seguir.

San Mildred era un campo santo casi tan viejo como la misma ciudad. Al igual que un pozo sin fondo, guardaba bajo tierra muchos más cadáveres de los que se indicaban en las lápidas. Aunque era más fácil de lo que parecía, ya que la tierra tenía una humedad y una acidez muy inusuales. Estos factores combinados aceleraban el proceso de descomposición de los cuerpos notablemente. Como el cementerio estaba en la punta de una colina, los jugos de los cadáveres se filtraban bajo tierra por la ladera hasta ir a parar al Foedus. Un ingrediente más a añadir a su tóxica sopa. Todo el mundo sabía que en cuestión de meses sólo quedaba el esqueleto de los cadáveres, un fenómeno del que hablaban a menudo en la taberna del Dedo Ligero los que tenían conocimiento de él.

Pero Pin no pensaba en cadáveres descomponiéndose mientras caminaba entre las hileras desiguales de lápidas. Fue directo a una pequeña cruz de madera sin ninguna inscripción. Estaba ladeada hacia la izquierda y como la tierra se había congelado no le resultó fácil enderezarla. Al pie de la cruz yacía un pequeño ramillete de flores blancas marchitas, endurecidas por el frío, y Pin lo cogió antes de agacharse en la nieve.

—Bueno, mamá —dijo en voz baja—, siento haber tardado en venir a verte, pero el señor Gaufridus me mantiene muy ocupado. Esta noche vuelvo a trabajar. Como ya sabes, lo prefiero a tener que pasar una noche en la casa de Barton Gumbroot. Es un tipo astuto, siempre me está preguntando por papá. ¿Va a volver? ¿Va a hacerlo realmente? No sé qué creer.

Pin hizo una pausa después de cada pregunta, casi como si esperara una respuesta, pero no obtuvo ninguna. De modo que se sentó en el suelo junto a la cruz, temblando, sin advertir que los copos de nieve eran más grandes que antes, haciendo girar sumido en sus cavilaciones las flores que sostenía.

3

Una muerte en la familia

Hacía ya casi dos meses del incidente, había ocurrido a principios de enero, pero Pin todavía se acordaba como si fuera hoy de cuando volvió a casa aquella noche. En cuanto subió por las escaleras supo que pasaba algo. Oyó voces excitadas y unos exagerados sollozos y al llegar al rellano vio un corrillo de gente fuera de su habitación. Reconoció algunos de los rostros de los inquilinos, la señora de la habitación de al lado, el deshollinador del final del pasillo, la lavandera del piso de abajo. Cuando Pin vio la expresión de sus rostros, sintió un escalofrío de miedo. Se abrió paso entre ellos y al entrar en la habitación divisó una figura exánime tumbada en el suelo delante de la chimenea vacía. Un hombre corpulento vestido de negro estaba inclinado sobre el cuerpo.

—¿Papá? —exclamó Pin con voz temblorosa.

El hombre levantó la vista.

—¿Eres tú Pin Carpue? —le preguntó oficiosamente.

El chico asintió con la cabeza.

—¿Y es éste tu padre? —añadió. Al apartarse un poco Pin pudo ver la cara del cadáver. Tragando saliva hizo un esfuerzo para no apartar la vista.

—No —repuso—. Es mi tío, el tío Fabian. Pero no me importa nada.

—Por lo visto no eres el único que piensa así a juzgar por los indicios —afirmó el hombre enderezándose y tosiendo dándose importancia. Sacó una libretita negra y un trozo de carboncillo. Ahora Pin supo quién era. Era el señor George Coggley, el policía del barrio.

—¿Qué le ha ocurrido? —preguntó Pin

—Lo más probable es que haya muerto estrangulado —observó Coggley—. El pobre tiene los ojos tan desorbitados que parece que se le vayan a salir de las cuencas. ¿Dónde está tu padre, hijo?

—No lo sé —repuso Pin cautelosamente. Al mirar a su alrededor vio que todo el mundo tenía los ojos puestos en él.

—Si sabes dónde está, debes decírmelo, de lo contrario vas a meterte en un buen lío.

—¿Por qué?

—¡Porque creemos que es él quien lo ha hecho! —terció la lavandera casi alegremente—. Lo han visto huyendo del escenario del crimen.

La lavandera no tragaba a Pin ni a su padre, no soportaba que se creyeran mejores que los demás. En cuanto a la madre de Pin, que en paz descanse, ¿quién se creía que era cruzando el puente para venir a vivir aquí? En esta parte del río no había lugar para los norteños. Esto no era para ellos.

—¿Huyendo del escenario del crimen? —replicó el agente de policía—. ¡Es el hombre que buscamos!

—Sabía que iba a acabar mal —murmuró otro inquilino—. Siempre pasa lo mismo con esa clase de gente. Tienen delirios de grandeza. Nunca nos han hecho ningún bien.

Pin se quedó plantado en medio de los cuchicheos y las

acusaciones, sin habla y desconcertado. Ahora los odiaba a todos, con sus maliciosas miradas y sus insidiosas observaciones. Sabía lo que pensaban de su padre. Saltaba a la vista como la nariz ganchuda y los ojos bizcos de sus repelentes rostros. Pin había aprendido a una temprana edad que él era distinto. Los niños de la calle se metían con él todo el tiempo porque su madre venía de una familia acaudalada y hablaba con el melodioso acento norteño y no con el chirriante deje sureño. Pero lo que más les fastidiaba era que los Carpue afirmaban ser tan pobres como el resto de los mortales. ¡No se lo cree ni Dios, exclamaban! ¿Cómo podía una dama con aquellos modales y aires no tener dinero? ¿Y por qué si no Oscar Carpue se había casado con ella? El tío Fabian tampoco hacía ningún favor a la familia vistiendo siempre sus mejores galas (aunque sus bolsillos estuvieran vacíos). Oscar le había pedido una y otra vez que se fuera. «¡No tenemos nada para ti!», le había espetado.

Pero tras la muerte de su madre el tormento había continuado incluso el año pasado, después de que sus vecinos decidieran cogerle inquina a Oscar Carpue por no compartir su herencia con ellos. «No he heredado nada», les dijo en más de una ocasión. «No soy más que un carpintero, estamos sin blanca.»

Pero nunca les convenció y ahora Fabian había muerto, asesinado, y de nuevo unos dedos acusadores señalaban a Oscar Carpue. Pin se pasó la semana siguiente recorriendo las calles día y noche para dar con su padre, pero no encontró ningún rastro ni mensaje de él. A la semana siguiente tuvo que dejar la pensión porque, aparte de no poder pagar la habitación, tampoco era bienvenido en ella. Se pasó diez miserables días buscando trabajo y por fin el señor Gaufridus le dio empleo. Por eso había podido alquilar una habitación en la casa de Barton, aunque estuviera deseando irse de aquel tugurio cuanto antes...

Pin se estremeció, un enorme copo de nieve se le había metido entre el cogote y el cuello del abrigo devolviéndolo a la realidad. Al oír las campanas de la iglesia tocando los cuartos se puso en pie de un brinco.

—Tengo que irme, mamá —exclamó—. Si llego tarde, el señor Gaufridus buscará a otro chico para reemplazarme. Dice que hay un montón deseando hacer este trabajo y yo me lo creo. En esta ciudad la gente haría lo que fuera por dinero. La próxima vez no tardaré tanto en volver, te lo prometo.

Tocó ligeramente la cruz, se dio media vuelta y salió pitando, esquivando hábilmente las sepulturas. Dejó atrás el cementerio y recorrió a toda velocidad la calle Melancolía, hasta pararse en seco jadeando ante un cartel en el que se leía:

Goddfrey Gaufridus
FABRICANTE DE ATAÚDES Y ENTERRADOR

4

Goddfrey Gaufridus

En una ciudad en la que el mero hecho de nacer ya se consideraba el primer paso hacia la muerte, es justo decir que Goddfrey Gaufridus, fabricante de ataúdes y enterrador, tenía una relación con la muerte mucho más estrecha que la mayoría.

Aunque el negocio de una funeraria se considerara lucrativo (tenía la garantía de que nunca iban a faltarle clientes), Goddfrey no siempre había deseado tener un trato tan cercano con la muerte. A los quince años sufrió una misteriosa enfermedad que le impidió hablar o moverse durante tres meses. Se pasó todo ese tiempo tumbado en la cama boca arriba. Al cabo de una semana sus padres, viendo que tenía una enfermedad que podía ser incurable, creyeron que lo mejor era seguir llevando una vida normal.

Agotado por la tortura de poder hacer poco más que pensar (¡y qué pensamientos llegó a tener durante aquellos espantosos meses!), el chico se durmió una noche y ya no se despertó. Al tercer día su madre estaba convencida de que había muerto.

Llamó a su marido a la habitación de su hijo y los dos se quedaron al lado de Goddfrey durante diez minutos. «Creo que nos ha dejado», observó el padre y después llamaron a su vecino para que lo confirmara, ya que el médico era demasiado caro para ellos e hicieron los preparativos para enterrarlo.

Como solía ocurrir en aquellos tiempos, y por suerte para Goddfrey, el director de la funeraria era un vivales de cuidado. Vendió rápidamente el cuerpo inerte del chico al Colegio de Anatomía y de Procedimientos Quirúrgicos de Urbs Umida y enterró en su lugar el ataúd lleno de arena. Al quinto día de estar durmiendo a pierna suelta, Goddfrey, se despertó fresco como una rosa y se descubrió sobre la mesa de cirugía de un anfiteatro anatómico. Cuando vio un reluciente escalpelo cerniéndose sobre su cabeza y al cirujano a punto de hundir la fina y puntiaguda hoja en su pecho (curiosamente lo que más le impresionó fue la forma en que la luz se reflejaba en el escalpelo y en los años siguientes cada vez que veía una luz parpadeante parecida le traía malos recuerdos), reuniendo todas sus fuerzas logró emitir un silbido.

—Creo que su cadáver está vivo —gritó uno de los espectadores, un estudiante de medicina que acababa de confirmar su fama por decir lo que saltaba a la vista. A Goddfrey lo llevaron de vuelta a casa con sus dolientes padres que, sin entender cómo había ido a parar del cementerio a la mesa del cirujano, lo recibieron con los brazos abiertos. No fue exactamente el viaje que habían imaginado le esperaba, pero prefirieron no pensar en ello demasiado y al cabo de un par de días su hijo ya volvía a ser el mismo de siempre.

Bueno, casi el mismo, ya que la extraña enfermedad le dejó un legado: una parálisis facial. El pobre Goddfrey apenas podía mover los músculos faciales, o sea que ahora tenía siempre la misma expresión (adormilada). No podía sonreír ni fruncir el ceño, reír ni llorar —al menos no de una forma evidente— y sólo podía hablar entre dientes.

Después de salir vivo por los pelos de la Facultad de Anatomía, el chico decidió que no quería que le pasara a nadie más lo mismo que a él. Entró como aprendiz en la funeraria de la zona y compró el negocio cuando su patrón murió. Durante los años siguientes Goddfrey Gaufridus se ganó la reputación de ser un sepulturero que no enterraba a nadie vivo, sobre todo porque invertía mucho tiempo y esfuerzo en asegurarse de que los fiambres a su cargo estuvieran definitivamente muertos.

Aunque esto parezca un poco extraño, hay que recordar que en los tiempos de Goddfrey no era tan fácil como uno podría imaginarse determinar si una persona había pasado a mejor vida. Aparte de comprobarlo poniendo un espejito delante de la boca para ver si aún respiraba o escuchar unos latidos a menudo indeterminados, había poca cosa más que un médico pudiera hacer. Mientras Goddfrey yacía en su estado semiinconsciente, había pensado muchas veces que si alguien hubiera inventado algún mecanismo, una especie de aparato, que indicara si uno estaba vivo o muerto, no habría sufrido como lo hizo. Se prometió que si revivía sería esta persona.

Eso era lo que se había propuesto hacer. Pero ser inventor y director de una funeraria al mismo tiempo no era fácil, por eso decidió que necesitaba un ayudante y puso un letrerito en la ventana. Gracias a que sabía leer —su madre le había enseñado—, Pin fue el único en solicitar el trabajo.

El día de la cita el señor Gaufridus le enseñó el local. En la tienda de la funeraria, situada a la altura de la calle, estaban expuestos los modelos de ataúdes de distintos precios que construía. Se distinguían claramente unos de otros por la madera barnizada o sin barnizar y por los accesorios. En una gran vitrina doble guardaba una colección de objetos que alquilaba para los funerales, como paños mortuorios, trajes negros, velos y guantes del mismo color, penachos para los caballos, invitaciones para la ceremonia y una bandeja de anillos funerarios en forma de calavera como es natural.

El dueño de la funeraria llevó después a Pin al sótano donde, apoyados contra las paredes vacías, guardaba otros ataúdes de variadas formas, tamaños y colores y en varias fases de construcción. En medio de la habitación había una robusta mesa de trabajo llena de martillos, clavos y madera torneada y de herramientas de carpintería de todo tipo. El suelo se hallaba cubierto de virutas, volutas de madera y aserrín. Las paredes estaban decoradas con una gran colección de guarniciones de latón y metal, bisagras, armazones, placas para grabar el nombre, asas y toda la parafernalia para ataúdes que cabe imaginar.

A Pin todo esto le pareció totalmente normal, y cuando Goddfrey lo llevó a otra habitación, es lógico que esperara encontrar más de lo mismo.

—¡Ya hemos llegado! —exclamó orgullosamente el propietario de la funeraria abriendo la puerta—. La *Cella Moribundi*. La sala de espera de los muertos.

El chico se quedó plantado en el umbral y echó un vistazo al interior. La idea de una *Cella Moribundi*, una sala donde los muertos yacían antes de ser enterrados, no le resultaba extraña a él ni a ningún otro urbs umidiano. En la ciudad había la antigua tradición, aunque no se sabía de dónde venía, de conservar el cuerpo del difunto durante tres días y tres noches antes de enterrarlo. En Urbs Umida había un dicho que rezaba: «Si dudas, espera tres días y lo verás». Pin pensó en la muerte de su madre y en las largas horas que su padre y él habían pasado velando su cuerpo en la pensión. No habían podido darse el lujo de contratar los servicios del señor Gaufridus.

La habitación era más pequeña que el taller y mucho más fría. En medio había una mesa alta (en aquel momento vacía) y encima de ella pendía un peculiar mecanismo compuesto de cuerdas y piñones, ruedas y palancas, y una cadena recién engrasada. En la habitación también había muchos estantes y una serie de cajones estrechos propios de un científico, y sobre ellos, una colección que sólo podía describirse como instrumentos de tortura.

—¿Qué demonios es todo esto? —preguntó Pin alucinado mirando a su alrededor. No se parecía en nada a las *Cella Mori bundi* de las que había oído hablar.

Goddfrey frunció el ceño, o más bien dicho sus cejas se movieron un poco la una hacia la otra.

—«Todo esto», como tú lo has descrito, es el resultado de años de trabajo por mi parte en beneficio de los vivos y de los muertos.

A Pin no le aclaró gran cosa la explicación que acababa de oír.

—Mmmm, ¿cómo?

—Querido muchacho —dijo el hombre entre dientes—, imagina lo peor que podría ocurrirte y luego piensa en algo diez veces más horrible aún.

Pin caviló durante un momento.

—Caerme en el Foedus y tragar un poco de agua —sugirió con una cierta presciencia.

—Mmmm… —murmuró el fabricante de ataúdes—, sería terrible, pero ¿no se te ocurre algo más espantoso?

Sí que se le ocurría —tenía que ver con Barton Gumbroot— y se lo dijo, pero aún no era lo bastante espeluznante. Goddfrey, inclinándose hacia él, le sopló la respuesta al oído en forma de pregunta.

—Chico, ¿se te ocurre algo más espantoso que ser enterrado vivo?

Pin sintió un escalofrío recorriéndole la espalda y sacudió la cabeza. Pero por lo visto el señor Gaufridus no se percató de ello, porque siguió hablando entusiasmado, rodeando la mesa y agitando los brazos de una forma que chocaba con su impávida expresión.

—Imagínate que al despertar de un apacible sueño te descubres en la más absoluta oscuridad —continuó Goddfrey—. Alargas el brazo para agarrar la vela que has dejado en la mesilla de noche, pero tu mano topa con algo duro por todos lados. Intentas moverte, pero apenas puedes darte la vuelta. Al principio te sientes confundido, pero enseguida compruebas aterrado que no estás soñando, ni en la cama, ¡sino que te encuentras en tu ataúd!

A Pin le empezaron a castañear los dientes. En aquella habitación la temperatura era mucho más baja que en las otras. Pero el señor Gaufridus no dio señales de ir a detenerse. En su rostro no se veía ni un ápice de emoción, pero los ojos le brillaban. No se podía negar que sentía un extraño placer reviviendo la pesadilla de la terrible experiencia de su juventud.

—¿Te imaginas la horripilante sensación de estar tendido ahí sin poder moverte apenas? —prosiguió el hombre—. Sin duda intentarías mantener la calma, gastar poco aire, porque esperarías que alguien fuera a encontrarte. Pero a medida que pasaran las horas y los días, comprenderías que nadie podría oír tus gritos, tus chillidos, tus sollozos. Sabrías que sólo te esperarían dos finales: morir asfixiado o morir de inanición. Se te haría un nudo en la garganta mientras aspirabas el poco aire que te quedaba. Sentirías un hambre inimaginable y una sed terrible mientras tu fin se acercaba.

»Dime, ¿te imaginas algo más espantoso que eso? —exclamó girándose hacia él.

Pin, convencido de que el señor Gaufridus debía de estar planeando enterrarlo vivo, retrocedió hacia la puerta.

—No…, no puedo imaginármelo —repuso.

—Estupendo —dijo el dueño de la funeraria—, entonces comprenderás por qué he hecho «todo esto». Es verdad que algunos colegas construyen ataúdes con alarmas, campanillas y banderines, pero yo no. Cuando te han enterrado ya es demasiado tarde para tocar la campana. El daño ya está hecho, no al cuerpo, sino a la cabeza de uno. Yo, Goddfrey Gaufridus, he dado con el meollo del problema.

—¿Cuál es? —preguntó Pin con voz temblorosa, mirando aún a este personaje extrañamente impasible con una gran desconfianza.

—Que una persona debe estar muerta antes de enterrarla.

—¡Oh! —exclamó Pin. Así que no iba a enterrarlo vivo, pensó, aunque esta idea no le fue de gran consuelo.

—Cuando trabajes conmigo —prosiguió el señor Gaufridus— tendrás que aprender a manejar todos estos aparatos —mientras hablaba lo cogió del codo hasta llevarlo a la mesa alta—. ¿Podrías hacerme un favor? —añadió

El fabricante de ataúdes le ayudó a subir a la mesa e hizo que se tumbara.

—Es una de las primeras máquinas que he diseñado y reconozco que me siento muy orgulloso de ella —le sacó una bota y el calcetín, le puso un anillo de cuero alrededor del dedo gordo del pie y lo ciñó con fuerza.

Pobre Pin, su desconfianza se trocó en una gran perplejidad. Intentó enderezarse apoyándose en los codos, pero Goddfrey, sin darse cuenta de su espanto, lo empujó para que volviera a echarse.

—¿Crees que si estuvieras durmiendo ligeramente esto te despertaría? —le preguntó el enterrador alzando el brazo y tirando rítmicamente del asa que pendía sobre su cabeza.

Los piñones y las ruedas se pusieron a girar y el pie de Pin empezó a agitarse violentamente por los tirones en un terrible movimiento sincopado.

—Puede que sí —repuso el chico alzando la voz para que le oyera a pesar de los chirridos de las piezas articuladas y los repiqueteos de la cadena—. Pero estoy seguro de que tendría que estar durmiendo profundamente para que alguien creyera que estaba muerto.

—Mmmm —dijo el señor Gaufridus pensativo. Pocas veces se le presentaba la ocasión de probar su invento en un cuerpo vivo y ahora pensaba aprovecharla al máximo—. Probemos ahora esto —declaró sacando de un cajón poco profundo del arcón a su espalda una aguja de considerables dimensiones y pinchando con una cierta fuerza, todo hay que decirlo, la planta del pie de Pin.

—¡Aaaayyyy! —chilló el chico saltando de la mesa, olvidando que seguía atado a la máquina por el dedo gordo del pie. El resultado pudo haber sido catastrófico de no haberlo agarrado Goddfrey antes de que tirara de la máquina y la desprendiera del techo.

Sin decir una palabra, aunque chasqueando la lengua fastidiado, le desenredó de la maraña de correas de cuero, cuerdas y cadenas. Después del incidente Pin se negó a tomar parte en cualquier otra demostración, rechazando someterse al sacalenguas manteniendo la boca bien cerrada, e insistió en que simplemente le hablara del equipo. En el rostro del señor Gaufridus nada indicaba si estaba decepcionado o furioso, o siquiera perplejo por el resultado del experimento, pero aceptó las condiciones del muchacho y los dos se pasaron la siguiente hora examinando instrumentos y aparatos de todo tipo diseñados para asegurarse de que los muertos estuvieran bien muertos y no dormidos, o en coma o bebidos.

Había una gran cantidad y diversidad de aparatos. Por lo visto el fabricante de ataúdes había agotado todos los medios para provocar dolor que pudieran servir para despertar a los muertos. Eran desde incómodos —como los que te tiraban del dedo gordo del pie y te jalaban de la oreja—, o ligeramente dolorosos —como los que te aporreaban los nudillos y te gritaban en el oído—, hasta los que te producían un dolor inimaginable, los detalles de los cuales los encontrarás en *¿Muerto o vivo?*, el libro que el señor Gaufridus escribió sobre la materia (sólo se han conservado unos pocos ejemplares en estado legible). Incluso supo darle un buen uso al agua del Foedus. Embotellada se volvía mucho más potente y pestilente y el buen hombre estaba seguro de que aspirar una vaharada de ella bastaba para revivir a un muerto. Mientras le enseñaba un invento tras otro, le habló largo y tendido de su teoría acerca de que un finado debía de pesar menos que un vivo porque el alma le había abandonado.

—¿Cuánto cree que pesa el alma? —inquirió Pin.

—Una buena pregunta, jovencito —contestó el enterrador—. Para saberlo, sólo hay que construir una serie de básculas, pero lo que ya es más difícil es que una persona se encuentre sobre ellas en el momento exacto en que deja de existir.

A aquellas alturas Pin estaba convencido de que el señor Gaufridus era la clase de lumbrera que resolvería un problema de aquella índole. Al final de la mañana, pese a sus dudas iniciales, el muchacho no podía dejar de admirar la determinación del buen hombre para que nadie fuera enterrado vivo. A fin de cuentas era un noble ideal. El dueño de la funeraria, animado por la curiosidad y las inteligentes preguntas de Pin, se alegraba de ofrecerle el trabajo.

—Aparte de velar a difuntos, ¿qué más haré exactamente? —preguntó Pin.

El señor Gaufridus caviló durante un momento.

—Toda clase de cosas, querido amigo, toda clase de cosas —repuso.

Y «toda clase de cosas» era una descripción totalmente razonable de las tareas de Pin. Se pasaba los días pellizcando dedos gordos, pinchando plantas de pies y tirando de lenguas y, por supuesto, ensamblando ataúdes —su patrón admiraba la precisión con la que unía las juntas— e incluso se ocupaba de ofrecer un sincero consuelo a los familiares de los difuntos. Por la noche, si tenía que velar a un difunto, se echaba soñoliento en el banco de la *Cella Moribundi,* meditando sobre el cambio que había dado su destino, seguro de que nadie le molestaría. Con el paso de las semanas el señor Gaufridus le fue confiando cada vez más las tareas cotidianas del negocio de la funeraria mientras él se dedicaba a mantener en buenas condiciones y a construir sus elaboradas máquinas. Pin incluso estaba aprendiendo a reconocer en las más pequeñas variaciones de la expresión de su patrón sus cambios de humor.

Aquella noche cuando llegó a la funeraria el señor Gaufridus estaba ordenando el taller y preparándose para irse.

—Es tu última noche con la pobre Sybil —observó señalándole la puerta de la *Cella Moribundi* con la cabeza—. Mañana ya no estará aquí.

Pin le dio las buenas noches. Esperó a oír la puerta de la calle cerrándose antes de cruzar el taller y entrar en la *Cella*

Moribundi. En realidad, no le importaba pasar la noche con un muerto, en esta ciudad no podías darte el lujo de ser demasiado aprensivo, y las ventajas de tener un trabajo superaba con creces sus inconvenientes. Aunque la habitación del sótano de la funeraria no fuera un sitio demasiado calentito que digamos —después de todo los muertos preferían estar en un lugar ligeramente refrigerado—, era mejor que dormir en la calle.

A los sureños les gustaba velar a sus difuntos durante las setenta y dos horas estipuladas. De hecho, convertían los tres días de espera en una especie de fiesta en honor del difunto. En cambio, a los norteños esta práctica les parecía vulgar (por no decir molesta), por eso los directores de las funerarias contrataban a tipos como en este caso Pin, para que velara a los difuntos en su lugar. Y además a la familia le daba un cierto prestigio poder pagar este servicio adicional. Les encantaba contar a los vecinos el dinero extra que habían tenido que desembolsar por la aplicación del sacalenguas.

Si al tercer día el cuerpo seguía sin dar señales de vida, se consideraba seguro enterrarlo. Pero a aquellas alturas era obvio que el alma se había ido. Pin, con su fino olfato, sabía antes que la mayoría cuándo un cuerpo empezaba a descomponerse, tal vez estaba hecho para este trabajo. Este don tenía sus ventajas. Un fino olfato aligera una vida aburrida. Aunque pensándolo bien, se dijo yendo hacia el cuerpo exánime que tenía a su cargo, en una ciudad como Urbs Umida, de haber tenido el olfato de una persona del montón en lugar del de un chucho, la vida me habría resultado menos desagradable.

5

Memento mori

S ybil reposaba en la mesa sobre un grueso cojín de color crema. Debajo de él colgaba hasta el suelo un paño de terciopelo negro formando unos delicados pliegues. La joven vestía un largo camisón blanco anudado en los pies y ceñido alrededor del cuello. Una faja escarlata bordada le rodeaba holgadamente la cintura y en el hombro izquierdo lucía un delicado y reluciente broche en forma de mariposa. Tenía las manos juntas en medio del pecho y llevaba tres anillos en cada una. Le habían peinado el largo pelo negro enmarcando su pálido rostro y su cabeza descansaba sobre una almohada de terciopelo adornada con borlas. Tenía los ojos cerrados, las largas pestañas rozándole las mejillas, y los labios rojos. No podían verse las marcas paralelas en medio del cuerpo de las ruedas del carro que había terminado de una forma tan cruel con su corta vida. El señor Gaufridus se enorgullecía de la serena expresión que lograba dar al rostro de sus clientes. Nada le gustaba tanto como oír «Parece que está dormida» (aunque él se cercioraba rigurosamente de que no fuera ése el caso).

Pocas veces los familiares lo decepcionaban. A decir verdad, éstas fueron exactamente las palabras que la familia de la pobre jovencita había pronunciado sólo dos días antes al verla. La madre se había echado a llorar una vez más y el padre se había puesto a caminar de un lado a otro de la pequeña habitación maldiciendo al carro que la había arrollado. Incluso maldijo más alto aún a un cierto joven, un tal señor Henry Belding, que había conseguido con alguna artimaña cortejar a su hija y engatusarla para que fuera a verle a la orilla sur donde él vivía. El dueño de la funeraria había contemplado la escena con una imperturbable expresión, consolando a la familia en voz baja cuando lo consideraba necesario.

—¿Cómo ha podido ocurrir?   se lamentaba la madre una y otra vez—. ¿Cómo ha podido mi querida Sybil que recibió una educación tan esmerada enamorarse de un chico tan poco apropiado para ella? Su padre era barrendero y su madre vendedora de ginebra. ¡Qué vergonzoso!

—No puedo ni imaginar lo que debe de estar sufriendo —murmuró el señor Gaufridus—. Pero al menos consuélese ahora al pensar que su hija está en un mejor lugar que con el hijo de un barrendero.

La madre de Sybil lo miró de reojo, pero el fabricante de ataúdes no dio señales de darse por aludido. La parálisis facial era toda una ventaja en estas situaciones tan delicadas.

Pin se quedó de pie junto a la mesa contemplando el sereno rostro de la joven. El aire era frío y podía oler el conocido aroma de la muerte. No era desagradable, en realidad los olores que más asociaba con la muerte no eran humanos, sino los de los ungüentos hechos con hierbas que su patrón aplicaba sobre la piel de los difuntos para conservarla en buen estado. Pin no era un chico sentimental. En una ciudad como Urbs Umida la vida era un juego y la muerte el pan de cada día. Era una interesante ecuación: a medida que crecías tus posibilidades de vivir más años aumentaban. Si cumplías dos años de edad, tenías más probabilidades de llegar a los diez. Y si lograbas cumplir los quince, lo más probable es que llegaras a los veinte. Y si alcanzabas los treinta, tenías casi garantizado llegar a viejo (en Urbs Umida eras un vejestorio a los cuarenta y la palmabas a los cuarenta y cinco).

Pin alargó el brazo tímidamente y tocó la mano de la joven, estaba tan fría como imaginaba que lo estarían las partes más profundas del Foedus. Era una adolescente, no debía de tener más de diecisiete años, este descubrimiento le entristeció. Se acordó de un verso que había visto cincelado en una lápida:

Los que mueren en la flor de la juventud
se llevan la belleza a las puertas del cielo.

Pin se acomodó en el banco. Sentado solo en la oscura y fría habitación volvió a pensar en su padre, como lo hacía la mayoría de las largas noches. Lo que le había ocurrido al tío Fabian era todo un misterio. Sabía lo que todo el mundo pensaba, pero no podía creer que lo hubiera hecho su padre. Y no lo aceptaría hasta oírlo de su propia boca. ¿Era un asesino? ¡No podía ser! Sí, Oscar Carpue se había metido en un buen lío. Era innegable que lo habían visto salir del escenario del crimen. Pero no había ninguna prueba que lo inculpara. Eran los vecinos y Coggley los que, atando cabos, habían deducido que dos y dos eran cuatro cuando la mitad de ellos no sabían sumar. Pin le había dado vueltas y más vueltas al asunto y había sacado la misma conclusión cada vez. Su padre era inocente. Pero había un pequeño detalle que le inquietaba. Si era así, ¿por qué Oscar Carpue no había vuelto?

No debo pensar más en ello», se dijo con firmeza, y tumbándose en el banco con las manos debajo de la cabeza, intentó vaciar su mente de pensamientos inquietantes.

Pin despertó de pronto de su ligera cabezadita. Al ver la sala sumida en la más completa oscuridad —las velas se habían apagado—, se deslizó del banco y fue lentamente hacia la puerta para abrirla. Alguien estaba trajinando en el taller.

—¿Señor Gaufridus? —preguntó Pin desconcertado.

Sintió una ráfaga de aire y oyó el ruido de una suave tela agitándose. Al abrir la boca para gritar una mano le rodeó la cara y le tapó la boca con fuerza. Sintió que los párpados le pesaban y que el cuerpo no le respondía… y entonces perdió el conocimiento.

6

Diario de Pin

Cuando siguiendo la sugerencia de mi madre empecé a llevar este diario, no me imaginaba que un día escribiría una entrada tan extraña como ésta para contar lo que ocurrió aquella noche con Sybil en la Cella Moribundi. Desde el banco en el que yacía vi que mis inesperados compañeros eran tres, de distintas alturas, todos iban de negro, dos iban encapuchados y uno llevaba una gorra. Como no tenían los ojos puestos en mí, decidí arriesgarme a aspirar por tercera vez el agua del Foedus. Justo cuando agarré el frasquito, el hombre joven que estaba de pie junto a la mesa alta habló.

—¿Está seguro de que el chico se encuentra bien, señor Pantagus?

—No se preocupe, señor Belding —le respondió dándole a su asustado compañero una palmadita en el hombro para tranquilizarle—. Al chico no le ocurrirá nada. Puede que le duela un poco la cabeza al despertar, pero se le pasará enseguida, eso es todo.

El señor Belding, un joven de quizá dieciocho primaveras, pareció quedarse satisfecho con la explicación. Además tenía otros asuntos más importantes de los que ocuparse. Volvió a la mesa y sostuvo la mano de la joven muerta.

—Pobre querida Sybil, qué fría está —parecía sorprendido por ello.

—¡Qué esperaba! —le soltó entre dientes la joven, y detecté un cierto nerviosismo en su voz.

—Relájate, Juno —exclamó el señor Pantagus sonriéndole benévolamente—. Enseguida nos iremos.

Vi que Juno tiraba de un cordón que llevaba alrededor del cuello, pero no pude ver lo que pendía al final de él porque lo rodeó con la palma de la mano. Luego se pasó el dedo por debajo de la nariz, tras lo cual al desprenderse un aroma especial, supuse que se había aplicado alguna clase de ungüento en el surco subnasal. Brillaba ligeramente bajo la luz de las velas. Al ver que al señor Pantagus también le brillaba el labio superior, deduje que había hecho lo mismo.

—¿Qué es eso? —preguntó el señor Belding—. ¿También tengo que ponérmelo?

Juno sacudió la cabeza y agitó el brazo para que se callara. En la mano derecha sostenía un delicado frasquito en forma de lágrima sujeto a una cadenita de plata. Empezó a caminar pausadamente alrededor de la sala, agitando la botellita hacia delante y hacia atrás, hacia delante y hacia atrás, con un movimiento lento e hipnotizador. Al detenerse me llegó una vaharada tan dulce como acre era la que despedía el agua del Foedus de mi frasco. La aspiré a fondo sin querer. La joven siguió caminando y al llegar junto al señor Belding se detuvo detrás de él unos segundos. En cuanto él aspiró el perfume se puso a toser y estornudar.

—¿Qué está haciendo? —le preguntó aterrado.

—No es más que una poción invocadora —dijo dulcemente la joven para tranquilizarlo.

—Lo siento —susurró él—. Es la primera vez que hago esto.

—Esta poción es necesaria. Debemos continuar con el ritual —respondió ella con suavidad.

Poco a poco la habitación entera se fue impregnando del fuerte aroma de la poción. Yo observé atentamente con los ojos entornados cómo la joven se colocaba detrás del señor Pantagus, que estaba junto a la cabeza del cuerpo exánime. Debajo de la capucha, la pálida piel de Juno brillaba a la luz de las velas. El señor Belding esperaba ansiosamente junto a Sybil.

El señor Pantagus metió la mano debajo de su capa y sacó una bolsita cerrada con un cordón. La desató y extrajo un puñado de hierbas secas que esparció alrededor de la cabeza del cadáver, murmurando unas palabras de forma inteligible. Después sacó de la misma bolsita un montoncito de palitos marrones. Los trituró rápidamente entre sus dedos y esparció el polvo a lo largo del cuerpo. Yo conocía algunos de los aromas que despedían —a canela y anís—, pero otros eran extraños para mí.

A continuación se sacó del interior de su ancha manga un recipiente de boca ancha. Metió los dedos en el líquido oscuro y sacudiéndolos lo fue esparciendo por la sala. El aire se impregnó de un fuerte aroma a artemisa y mirra. Aunque yo estuviera tumbado en el banco, de pronto todo me empezó a dar vueltas por aquel asalto aromático a mis sentidos. El joven señor Belding, que casi parecía estar en la inopia por los nervios y el penetrante aroma, contemplaba el ritual boquiabierto mientras Juno agitaba suavemente a su espalda el frasquito en forma de lágrima.

Sin avisar, el señor Pantagus dio una fuerte palmada de manera teatral. Incluso mi embotado corazón se puso a latir con fuerza por el súbito ruido. Después colocó las palmas de las manos sobre la frente de la joven muerta y, echando la cabeza atrás, exclamó por debajo de su capucha negra:

—¡Te invoco, Hades! ¡Señor de las regiones inferiores! ¡Amo de las sombras de la muerte!

Al oír su tenebrosa entonación, me dio un escalofrío y me puse a temblar como un flan. El señor Pantagus prosiguió su exhortación.

47

—Y a ti, Perséfone, la paciente reina de Hades, señora de las estaciones. Escúchame, escúchame ahora y concédeme lo que te pido. Devuélvenos, aunque sea por un instante, el alma de la joven muerta para que este hombre pueda hablar por última vez con su amada.

Sus palabras quedaron flotando en el frío aire de la habitación. No ocurrió nada. Pero de pronto el señor Belding pegó un grito ahogado y retrocedió un poco. Yo también lo habría pegado de poder hacerlo, porque Sybil, hasta entonces tan fría como una piedra, empezó a moverse.

El cuerpo de la joven se agitó convulsivamente de la cabeza a los pies y ella emitió un largo y quejumbroso gemido. Quise taparme los oídos, pero habría sido mejor que me hubiera tapado los ojos. Para mi sorpresa y horror, la joven muerta pestañeó y abrió los ojos. Sybil se giró hacia el señor Belding y esbozó una amplia sonrisa. Yo parpadeé con fuerza. ¿Estaba soñando? Contemplé la escena fascinado sin dar crédito a lo que veía, pero no puedo negar que lo que vi parecía muy real.

El señor Belding con lágrimas en los ojos se inclinó hacia la joven.

—Amada mía, ¿eres tú? ¿Eres realmente Sybil? —exclamó sorprendido sin acabar de creérselo.

—Sí, Henry —le susurró la joven con una voz extrañamente ronca—. Soy yo, Sybil. Habla rápido, cariño, no tenemos demasiado tiempo.

El joven miró a Juno y ella asintió animándolo a seguir. Él cayó entonces de rodillas al suelo y apoyando la cabeza contra la mesa, rompió a llorar.

—¡Perdóname! —exclamó con voz ahogada—. Mis últimas palabras fueron tan crueles, la ira me las hizo decir. No te imaginas cuánto lo lamento. Y antes de que pudiera pedirte perdón, aquel carro... te..., te... —balbuceó emocionado— arrolló como a un perro perdido en medio de la calle. —Llorando desconsoladamente, cubrió con sus brazos el cuerpo de su amada como si quisiera abrazarlo, con el pecho y los hombros moviéndose convulsivamente por los sollozos. Permaneció en esta postura durante unos momentos.

—No nos queda demasiado tiempo —le susurró Juno dándole un golpecito con el codo.

El señor Belding intentó recuperar la compostura. Se limpió la nariz con el dorso de la mano y se echó el pelo hacia atrás con los dedos.

—Siento mucho haberte dicho todas esas cosas, Sybil —dijo entrecortadamente—. Por favor, no dejes que lamente mis crueles palabras durante el resto de mi vida. Te lo suplico, dime que me perdonas.

No me imaginaba que un cuerpo que llevaba muerto tres días pudiera sonreír tan cálidamente, pero Sybil, tan conmovida como yo por la súplica de su amado, lo hizo. Alargó la mano para acariciarle la mejilla a su pobre Henry.

—Te perdono —exclamó y luego volvió a reclinarse sobre el cojín. Él se echó a llorar desconsoladamente de nuevo. El señor Pantagus le lanzó una mirada preocupada a Juno. Ella tiró al joven de la manga con suavidad.

—Ya no está con nosotros, debemos irnos —le dijo en voz baja pero con firmeza—. Sería una locura quedarnos más tiempo. Si nos pillan...

—Claro —exclamó él reprimiendo a duras penas sus sollozos.

El señor Pantagus abrió la puerta y yo sentí una fresca corriente de aire. Juno empujó suavemente al señor Belding hacia el señor Pantagus, y éste tiró de él para que cruzara la puerta. Cuando la joven estaba a punto de salir, se paró en seco, cruzó la habitación y, acercándose al banco, contempló mis perplejos ojos abiertos de par en par. Estaba tan cerca de mí que pude incluso ver una pestaña en su mejilla. Recuerdo que olía a enebro, pero entonces desapareció sin apenas darme yo cuenta.

7

Una buena profesión

Juno estaba de pie junto a la diminuta ventana que permitía que entrara luz natural en su habitación.

En esta ciudad no hace demasiado sol que digamos, pensó abrumada mientras contemplaba por la ventana el cielo purpúreo y gris. Hacía horas que Urbs Umida estaba ya envuelta en la oscuridad. La luna apareció un momento en el cielo, pero las nubes volvieron a ocultarla rápidamente, como si no pudiera soportar la vista de la ciudad a sus pies. Nevaba de nuevo. Juno, al notar la silbante brisa colándose por las junturas de la ventana, cerró los postigos y los aseguró con el listón. Ahora la única luz venía del fuego que ardía al lado de la cama y de las dos velas colocadas junto a dos paredes opuestas.

Se sacó la capa y la colgó en un clavo detrás de la puerta. Luego se dirigió a la chimenea y acercó sus temblorosas manos a las llamas. Hizo varias veces un gesto como si fuera a moverse, hasta que de pronto, impulsivamente, se agachó y sacó de debajo de la cama un maletín marrón de piel. Tiró de las hebillas, pero antes de darle tiempo a desabrocharlas pegó un salto al oír que llamaban a la puerta. Metió rápidamente el maletín debajo de la cama antes de contestar.

—Pasa —dijo Juno.

Un anciano asomó la cabeza por la puerta. Estaba tan pálido que su tez era grisácea y tenía unas profundas ojeras alrededor de los ojos.

—¡Benedito, qué mala cara tienes! —exclamó ella.

—¡Vaya, gracias! —observó él, y se echó a reír respirando con dificultad mientras se sentaba en una silla junto al fuego—. ¡Esa escalera va a acabar conmigo! —añadió.

—Tal vez pueda darte algo. Tengo muchos remedios…

Benedito, al ver la punta del maletín asomando bajo la cama, arqueó las cejas.

—No, gracias —repuso—. No hay ningún remedio para el mal que me aqueja, nada que cure el paso del tiempo. Y tú dependes demasiado de esos remedios.

—No me riñas —dijo Juno, pero a Benedito le dio un ataque de tos y no pudo proseguir hasta que le pasó.

—El tiempo ha empeorado.

Juno sonrió.

—¿Por eso has subido a mi habitación? ¿Para hablar del tiempo?

—No. No ha sido por eso. Tengo que decirte algo importante.

—Creo que sé de que se trata —repuso ella quedamente.

—No me encuentro bien, Juno. Ya no puedo seguir viajando de un lado para otro. Ya no me quedan fuerzas. He ahorrado un poco de dinero, el suficiente para poder vivir razonablemente bien y también he reservado una cantidad para ti.

Juno sacudió la cabeza.

—No quiero tu dinero —replicó.

—No es sólo mío —afirmó él—. Es nuestro dinero. Tú te lo has ganado igual que yo, o más aún —añadió echándose a reír—. Después de todo, yo, Benedito Pantagus, el humilde Mago de los

Huesos y el Revividor de los Muertos, no habría llegado a ningún lado sin mi ayudanta.

Juno abrió la boca para contradecirle, pero Benedito la interrumpió agitando la mano.

—Podrías quedarte conmigo —convino, pero Juno vio por el tono de voz que prefería que no fuera así—. Tú aún eres joven. Deberías irte de este terrible lugar.

—¿Y Madame de Bona?

—Llévatela contigo —repuso Benedito—. Te ha sido muy útil. La tuya es una buena profesión. Puedes encontrar a otra persona que te ayude.

—¿Una buena profesión? —repitió Juno soltando una risita—. ¿De verdad lo crees?

—¿Y tú no? —le preguntó Benedito dolido.

—No es por ti —se apuró a asegurarle ella—. El problema está en mí. Nuestros espectáculos nunca tuvieron tanto éxito como ahora. Los urbs umidianos parecen tener un insaciable deseo de escuchar las predicciones de Madame de Bona. Sólo es que a veces... —su voz se apagó.

Benedito asintió con la cabeza.

—Te entiendo. No es una vida fácil, pero no olvides que le estamos dando a toda esa gente algo que es importante para ellos.

—Pero algunos sufren. Nos hacen unas preguntas muy dolorosas —observó Juno.

—Y nosotros les ayudamos a dejar de sufrir.

—Supongo que sí...

—¿Acaso no se van felices?

La joven se mordió el labio, pensativa.

—Sí y también con una moneda de seis peniques de menos. Un dinero que apenas pueden pagar.

—La gente necesita recibir consuelo, sea de la forma que sea —repuso Benedito en voz baja—. A veces me pregunto cómo vas a sobrevivir, ¡tienes tan buen corazón!

—Yo no creo que tenga tan buen corazón como dices —le soltó Juno un poco herida, no por sus palabras, sino porque él tenía más razón de la que se imaginaba.

—Ya mantuvimos esta conversación en otra ocasión —afirmó Benedito dando por zanjado el tema—. No somos ni unos embaucadores ni unos carteristas. Al menos le damos algo a la gente a cambio de sus peniques.

Ella se quedó callada. Benedito la observó atentamente durante un instante.

—¿Sabes, Juno? Creo que hay algo más que te preocupa.

—Tal vez —admitió ella—. Y ya es hora de que le preste más atención.

Benedito se levantó y sostuvo la mano de Juno entre las suyas. Tenía los nudillos rojos e hinchados y las mejillas encendidas.

—Si esto es lo que quieres, no te lo impediré. Quizá no esté contigo, pero al menos deja que te ayude. Coge el dinero.

—Ya has hecho bastante por mí —repuso Juno sonriendo—. Fuiste tú el que me salvó de esta ciudad.

—Y yo podría decir lo mismo de ti. No importa. Piensa en lo que te he dicho. No tienes por qué dejar este trabajo, depende de ti. Sólo te pido que pienses en ello a fondo antes de tomar una decisión.

Juno asintió.

—¿Estarás bien?

—Sólo necesito descansar para recuperarme —respondió Benedito malinterpretando adrede su pregunta. Se dirigió a la puerta, pero antes de cruzarla se detuvo y le advirtió—: Tú también debes descansar. Esta ciudad te deja sin energía.

Al irse Benedito, Juno volvió a girarse hacia el fuego. Sólo le había dicho lo que ella ya sabía. Él necesitaba descansar, comer bien y un lugar donde pasar el invierno. No encontraría ningún sitio mejor que la pensión de la señora Hoadswood. Pero sólo con pensar en seguir en Urbs Umida se le helaba la sangre en las venas.

Tengo que irme de esta ciudad, se dijo con determinación.

Se quedó de pie cavilando un rato. Una cosa eran las predicciones de Bona, que después de todo resultaban amenas, y otra muy distinta revivir a los muertos en secreto. Esta práctica la inquietaba. No había querido usarla con Sybil, pero Benedito la había convencido para hacerlo. Recordaba al chico al que habían drogado. No había sido nunca su intención hacer daño a nadie. No podía sacarse sus ojos de la cabeza, uno era verde y el otro marrón.

Se puso a caminar de arriba abajo por la habitación. En su mente se había desatado una terrible lucha. Volvió a sacar el maletín y lo dejó delante de la chimenea. Desabrochó las correas, pero de repente se levantó y se alejó de él, aunque sin sacarle los ojos de encima. Al final, dando un grito angustiado, volvió junto al maletín, lo abrió con manos temblorosas y, respirando hondo, inspeccionó la colección de paquetitos y tarros que contenía.

Había tarros de terracota y bolsitas de algodón selladas con cera, botellas de cristal tapadas, bolsitas de ante y frasquitos con tapones de corcho. Pasó los dedos por el contenido y se detuvo al llegar a un pequeño mortero de madera. Con manos expertas, echó en él un poco de polvo de una bolsa y de hojas de otra y las trituró. Después añadió cuidadosamente tres gotas de un líquido ambarino y mezcló bien todos los ingredientes hasta convertirlos en una pasta. A continuación la echó en un quemador y lo colgó sobre el fuego de la chimenea. Se tumbó en la cama, y mientras aspiraba la dulce fragancia que despedía se sumió en unos aromáticos sueños.

8

Un final acuoso

LA BESTIA GLOTTONA

Betty Peggotty,
la ~~ploplietaria~~ dueña de la taberna del Dedo Ligero,
no se hace responsable de ningún attaque de nervios
o soponcio, o de ninguna otra enfermedad similar
que un cliente sufra al tratar con la Bestia Glotoona
(es decir, al obserbarla, hablar con ella o dajle de comer).
Cualquier bisitante con una frágil constitución
o con un corazón delicado que decida cruzar
esta puerta lo hará por su cuenta y rriesgo.

Que quede bien claro que la Bestia Glotona es una
monstruosa aberración de la naturaleza que quizá
no se pueda domesticar ni hacer entrar en razón.
Para cualquier plegunta, diríjase a su amo, el Sr. Rudy
Idolice (lo encontrará en la silla junto a la kortina).

Por orden de,
Betty Peggotty

Harry Etcham se enorgullecía de ser un urbs umidiano del montón, nacido y criado al sur del Foedus y habituado a los olores, la suciedad y las costumbres de los sureños. Vivía, como muchos otros, sobreviviendo con su ingenio, su astucia innata y la antigua —antiquísima— maldición de un trabajo honrado. Al final del día le gustaba ir a tomar una o tres copas a la taberna más cercana, a menudo a la taberna del Dedo Ligero, lo cual dice todo cuanto se necesita saber de él. A primeras horas de la noche, siguiendo las sugerencias de sus amigos y para satisfacer su curiosidad, Harry decidió ver a la Bestia Glotona con sus propios ojos. Después de todo, había tenido un día, según él, muy bueno. No sólo había encontrado dos cebollas y una zanahoria comestibles (según sus baremos), que más tarde añadiría a su guiso, sino que había logrado robar ocho peniques del sombrero de un ciego. Estaba más contento que unas castañuelas, aunque en su panza no hubiera ni una gota de cerveza.

Se quedó plantado pesadamente ante el cartel colgado de la pared, dispuesto a leerlo lo mejor que supiera, y entendió lo bastante como para estar seguro de no ser un tipo de corazón delicado ni de constitución frágil. Como el propietario de la Bestia estaba sentado en una silla junto al cartel, le puso una moneda de seis peniques en la mano y, tras cruzar la cortina, bajó por las escaleras que había detrás.

De repente olió un pestazo alucinante, casi tan hediondo como el del Foedus. Harry rebuscó en vano en los bolsillos un pañuelo para taparse su gran nariz y acabó cubriéndosela con el cuello del abrigo. El sótano apenas estaba iluminado, pero al llegar al último peldaño sus ojos ya se habían habituado a la oscuridad. A menos de un metro de distancia vio una jaula frente a él. Dentro, en un rincón del fondo, distinguió una gran figura amorfa. Aguzó el oído. Podía oír a alguien gruñendo, mascando, rasgando y escupiendo. De pronto, oyó un ruidoso estornudo y descubrió asqueado que tenía el rostro cubierto de salivajos y de más cosas inmundas que no quiso ni saber lo que eran.

Al mirar y escuchar con más detenimiento, vio que no estaba solo en el sótano. Junto al fondo de la jaula había un hombre plantado. Lo dedujo por la silueta de su sombrero, ya que iba vestido de negro y en la oscuridad no podía distinguirlo bien. Con la cabeza apoyada en los barrotes de la jaula parecía estar susurrándole algo a la criatura. Harry se acercó un poco más para poder oírlo, pero tropezó con un palo y se dio de bruces contra la jaula emitiendo un ruido sordo. La misteriosa figura, sorprendida, se encaminó apresuradamente hacia las escaleras con la cabeza gacha, sin saludar a Harry levantándose el sombrero o cruzando unas palabras con él.

Harry, un poco desconcertado por la rapidez con la que el desconocido se había largado, volvió a fijarse en la jaula. Ahora podía ver a la bestia un poco mejor —estaba seguro de que no se trataba de una hembra—, pero la criatura no parecía haberse percatado de su presencia y seguía triturando su espeluznante comida.

—¡Eh! —gritó Harry con poco entusiasmo. No había pagado seis peniques para esto—. ¡Eh! —volvió a gritar con más fuerza. Pero no obtuvo ninguna respuesta. Cuando estaba buscando en el suelo un objeto con el que pinchar a la extraña criatura, la bestia de pronto se abalanzó sobre él desde el fondo de la jaula a una velocidad inaudita. Harry se descubrió cara a cara con la criatura más grotesca que había visto en toda su vida. Al vivir en Urbs Umida y moverse en los círculos que frecuentaba, había visto muchas más criaturas horrendas de las que le correspondían, pero ésta se llevaba la palma.

La Bestia Glotona abrió su boca cavernosa y emitió un rugido tremendo. Tenía los dientes marrones y amarillentos y el labio inferior le babeaba. Su rostro estaba cubierto de pelo y en los ojos inyectados en sangre destacaban unas pupilas enormes. Agarró a Harry por el cuello del abrigo con una de sus peludas manos, ¿o eran garras?; daba lo mismo, en aquel momento era lo último que al hombre le importaba averiguar.

—¡Aaaagggg! —chilló dándose la vuelta y rasgando el abrigo, y subió las escaleras como un loco para salvar la vida. Cruzó la cortina a toda velocidad. El hombre sentado en la silla, dignándose a abrir sólo un ojo, lo observó alejarse conteniendo apenas una burlona sonrisa. Rudy Idolice ya había visto esta escena antes y la consideraba muy buena para el negocio.

En el puente, Harry tropezó con un adoquín y apoyó pesadamente un pie en la alcantarilla para mantener el equilibrio, metiendo la pierna hasta el tobillo en las espesas y asquerosas aguas. Al ver el estado de su bota, lanzó una palabrota, y al notar la helada agua colándose por los agujeros de los cordones soltó otra. Y para colmo pasó un carro a todo trote por su lado y le salpicó con las ruedas de mugre. Haciendo rechinar los dientes Harry se sacudió la camisa y las perneras del pantalón intentando en vano limpiarse.

Estaba empapado en sudor y sentía un nudo tan fuerte en el estómago que le iba a costar deshacerlo. Aún podía oír en su cabeza los ruidos que emitía la bestia. Los sorbetones y eructos, los crujidos de los huesos. ¡Y el pestazo que echaba!

—¡Madre mía! —exclamó en voz baja, exhalando una nube blanca del frío que hacía—. ¡Qué olor más hediondo!

La última vez que olió algo tan asqueroso había sido años atrás, en pleno verano, cuando durante tres días y tres noches había hecho una calma chicha en la ciudad y las aguas del río se habían casi cuajado.

Se dirigió a casa con aquel modo de andar tan curioso y peculiar de los urbs umidianos, sorteando instintivamente los adoquines que sobresalían y los baches. Al menos no nevaba, pensó mientras caminaba sin poder sacarse de la cabeza las imágenes que acababa de ver. Respirando hondo, se llenó los pulmones del helado aire nocturno. *¡Madre mía!*, era lo único que podía decir una y otra vez. Y pensar que algunos iban a ver a la bestia un montón de veces. *¿Cómo era posible?*, se preguntó. *¿Por qué?* Pero a él también se le estaba pasando por la cabeza hacerlo. ¿Podía aquella bestia ser tan espantosa? Quizá podía volver al cabo de una semana o de unos días para descubrir si se lo había imaginado todo...

Harry, agachando la cabeza para protegerse del helado viento, no vio al hombre que salía de un callejón y se topó con él.

—¿La ha visto? —le preguntó el desconocido.

Asustado, Harry se detuvo y levantó la cabeza, pero en aquel instante la luna decidió ocultarse detrás de las níveas nubes, y como el siguiente farol de la calle quedaba a una cierta distancia, no pudo ver más que la figura de un hombre contra la pared.

—¿Si he visto a quién?

—A la bestia —dijo entre dientes su nuevo compañero.

—Sí —afirmó Harry aliviado de poder decirlo en voz alta—. He visto a la Bestia Glotona —se sentía como si se acabara de confesar con un cura. Al menos ésa era la sensación que se imaginaba que habría sentido, porque hacía veinte años que no pisaba una iglesia.

—¿Y qué le ha parecido?

—Una criatura espantosa —repuso Harry frunciendo el ceño—, me ha quitado las ganas de comer.

—Dígame, ¿por qué después de contemplarla uno siente el acuciante deseo de volver a verla? —preguntó el hombre.

—¡No sé! —repuso Harry poniéndose a caminar de nuevo—. No sabría decirle. Es como cuando vemos algo horrible, queremos apartar la vista, pero nos resulta imposible.

—¿Nos resulta imposible? —preguntó el desconocido.

—Nos cuesta mucho —reconoció Harry casi como si se dis culpara por ello—. ¿Por qué me lo pregunta?

Aquel hombre pareció no haberle oído.

—¿Cree que la bestia tiene que estar a la vista de todos?

—¿Por qué no? —repuso Harry empezándose a sentir un poco confundido e inquieto.

En la ciudad era muy raro que un desconocido quisiera hablar contigo. Lo más normal era que te soltara amenazadoramente: «¡Dame todo el dinero!» En otras circunstancias —es decir, si Harry no hubiera estado impactado por aquella horrible experiencia—, probablemente habría echado a correr al verlo.

—¿Qué otra cosa podría alguien o más bien algo como esa criatura hacer? —exclamó Harry—. ¿Acaso Dios no la ha traído a este mundo para nuestra diversión? Nos recuerda que debemos darle las gracias por no ser como ella. ¡Pobre desgraciada!

Harry, que no era una persona religiosa, en aquel momento parecía no poder dejar de hablar de Dios.

—¿Cree que le gusta que la gente la mire?

Harry se estaba empezando a hartarse de tantas preguntas.

—Como ya sabe, todos necesitamos divertirnos. Yo he pagado para ver a una bestia, y eso es lo que he visto. Lo siento, me voy para casa, buenas noches.

El desconocido le interceptó el paso. Harry, irritado y un poco asustado, giró a la derecha y bajó por un corto callejón que daba al río. Caminaba deprisa, pero sabía que el desconocido le estaba siguiendo. Podía oír sus pasos crujiendo sobre la nieve helada y al mismo tiempo un extraño y agudo zumbido. Harry se dio media vuelta, quedándose de espaldas al río.

—¿Por qué me está siguiendo? —le soltó al desconocido.

—Me ha dicho todo cuanto quería saber y se lo agradezco —repuso el hombre ignorando de nuevo su pregunta, y antes de que Harry se diera cuenta, su perseguidor le golpeó con un palo corto en su prominente estómago. Harry sintió un acuciante dolor y pegó un salto hacia atrás, aturdido y sin aliento, agarrándose el pecho. Volvió a oír el zumbido.

—¿Qué está pasando? —dijo dando un grito ahogado.

—Nada de lo que vaya ya a acordarse —le soltó el desconocido.

Harry sintió otro golpe demoledor y cayó sobre el muro con la cabeza colgándole sobre el agua. Podía oír y oler el Foedus discurriendo debajo. Con un rápido movimiento, el desconocido le metió algo en el bolsillo del chaleco y luego Harry sintió unas fuertes manos agarrándolo por los tobillos y arrojándolo por el muro. Su último pensamiento fue: *¿Qué me ha metido en el bolsillo?*», porque no era una zanahoria ni una cebolla. El agua se partió en dos como una tela barata rasgándose y lo envolvió, aunque en esta ocasión el desgarrón desapareció en un instante y él se hundió en el olvido.

9

Deodonatus Snoad

La única forma de describir a Deodonatus Snoad era como un ser horrendo, e incluso esta descripción se quedaba corta. Su fealdad era única en su manifestación física. Tenía un cuello corto y regordete lleno de bultos que sostenía una cabeza que, para mayor infortunio, era demasiado grande para su encorvado cuerpo. En su torcida cara se asentaba una narizota deforme y roja, y un par de turbios ojos medio ocultos por una protuberante frente. Era un tipo peludo y sus pobladas cejas se unían formando una larga línea que se hundía ligeramente en el puente de la nariz. Sus dientes, al menos los que le quedaban, estaban en muy mal estado y le dolían cada día, como les ocurría a muchos conciudadanos. Pero Deodonatus no estaba hecho para sonreír.

De bebé ya era feo con ganas, aunque los niños a esa edad no sean demasiado agraciados que digamos, pero incluso a su propia madre le resultaba difícil mirarle. Al crecer, cuando salía a la calle, la gente se lo quedaba mirando boquiabierta y más tarde pasaban a la otra acera para evitar cruzarse con él. Como pronto comprendió que, aparte de su casa, el mundo era un lugar muy cruel, se pasaba el tiempo encerrado en su habitación. Tenía una mente muy despierta y aprendió a leer y escribir solo y se dedicó a estudiar todo cuando en aquel tiempo se consideraba de provecho.

En cuanto a sus padres, quizás alguna vez Deodonatus los había querido, pero pronto los acabó despreciando. Siempre les había resultado difícil mirarle, sobre todo a su madre, y a medida que la erudición de su hijo aumentaba, ya no supieron qué decirle. Poco después de su décimo aniversario, decidiendo que ya habían cumplido con sus responsabilidades como padres (y de una forma admirable dadas las circunstancias, pensaron ellos), lo vendieron una mañana a un circo ambulante.

Deodonatus se pasó los ocho años siguientes yendo de pueblo en pueblo, siendo exhibido bajo el imaginativo nombre de «Don Adefesio». Su número consistía en estar sentado impávido sobre un taburete de tres patas en una pequeña caseta con el único propósito de que la gente pudiera verlo. ¡Y cómo les gustaba mirarlo! De vez en cuando también tenía que sufrir la indignidad de que le pincharan con un palo puntiagudo. Sólo entonces reaccionaba con un feroz gruñido que hacía chillar a las mujeres y exclamar a los hombres frases como: «¡Diantre!, si es un monstruo sanguinario!»

Y mientras Deodonatus contemplaba sentado en el taburete a la gente quedándose boquiabierta y tapándose la boca horrorizada, analizaba la naturaleza del género humano y concluía que la raza humana era odiosa y que se merecía todas las desgracias que habían caído sobre ella, ya fueran fortuitas o planeadas. Y una cosa era muy distinta de la otra. Deodonatus albergaba ahora pensamientos de venganza. No hacia nadie en particular —eso sería más tarde—, aunque tal vez le pasara por la cabeza una o dos veces que sus padres eran los candidatos perfectos. Deodonatus comprendía bien las necesidades económicas y aprobaba el concepto de la oferta y la demanda. Un hombre tenía que ganarse la vida y el espectáculo de su pro-pietario sólo le daba a la gente lo que ésta quería. La culpa no era del propietario, sino del público en general que lo miraba boquiabierto.

Deodonatus representó el papel de Don Adefesio hasta cum-plir dieciocho años. Se dejó crecer una espesa barba y una no-che se escapó atando antes a su propietario y llevándose todo su dinero. Dotado de fondos, se dirigió a Urbs Umida, una ciudad conocida por su propia fealdad, esperando pasar desapercibido entre la multitud y llevar una vida relativamente tranquila.

Se dice que la belleza está en los ojos de quien la contempla, pero la experiencia le había enseñado a Deodonatus que era todo lo contrario. Había aprendido que, si deseaba tener una cierta calidad de vida, era mejor que nadie le viera. También se dice que las apariencias engañan. Después de todo es una ver-dad universal que lo que importa es el alma de una persona y no su aspecto físico. Pero en el caso de Deodonatus Snoad, al mirar más allá de su repulsivo aspecto y conocer su alma, lo que había en ella era mucho peor que lo que había fuera. Deodo-natus, condicionado por las malas experiencias de su infancia, era un hombre amargado y retorcido, tanto física como mental-mente, un caso prácticamente sin remedio.

En cuanto Deodonatus cruzó por primera vez las puertas de Urbs Umida para entrar en la orilla sur, se sintió como si estu-viera en casa. Echó un vistazo a su alrededor y sonrió. ¡Qué ciu-dad tan horrenda y malvada, llena de hipocresía y engaño! Se alojó en la parte más insalubre de la urbe y al cabo de poco ya se había afincado en ella. Disfrutaba con la pestilencia del Foedus en los meses de verano y sonreía al ver a los pobres vagabundos empapados y apiñados en invierno. De vez en cuando, incluso se atrevía a ir a la taberna del Dedo Ligero y se sentaba en el fondo para contemplar a sus conciudadanos en su aspecto más vil.

Al principio llevó una buena vida gracias al dinero mal habido, pero sabía que acabaría necesitando más. Pero ¿cómo podía ganarse la vida? Sabía que el *Urbs Umida Daily Chronicle* era un periódico popular que contaba con muchos lectores por sus titulares sensacionalistas, su lenguaje llano y el gran tamaño de su letra. Deodonatus escribió un artículo sobre el estado de la calzada (la estaban levantando siempre para reparar las poco eficientes cañerías del agua) y lo envió al periódico. Fue bien recibido. Les gustó su tono ultrajado y su sarcasmo, y le pidieron que escribiera más, cosa que él hizo.

Y éste fue el comienzo de la carrera de Dedonatus en el *Chronicle*.

Trabajaba en su cómoda habitación. La casera, que tampoco era demasiado agraciada que digamos, consideraba el dinero como un remedio para la mayoría de problemas, incluida la repulsión, y se alegró de dar a este desconocido una espaciosa habitación en el último piso con vistas a la ciudad. Deodonatus no necesitaba gran cosa más y por suerte para todos prefería su propia compañía. Así que se ocultaba del mundo de día y pocas veces se atrevía a salir antes del atardecer. Entregaba sus artículos al periódico por medio del hijo de la casera, que, a cambio de un penique, iba cada día a recogérselos.

Por la noche, después de volver de sus habituales paseos nocturnos, Deodonatus se sentaba junto al fuego y leía. Había dejado muy atrás su vida como Don Adefesio y de vez en cuando se sentía embargado por una extraña sensación que no podía identificar. Quizá se trataba de un ligerísimo destello de felicidad.

Ahora se sentía a salvo, rodeado de todo lo que le importaba, en concreto su colección de libros, cuyas páginas le permitían evadirse de la deprimente realidad de la vida cotidiana en la ciudad. En sus momentos más contemplativos le gustaba meditar sobre las palabras de los filósofos de la Antigüedad, tanto romanos como griegos, porque tenían mucho que decirle a un hombre en sus circunstancias. Deodonatus también sentía una predilección por los cuentos de hadas. Le parecía que en estos relatos una inusual cantidad de personajes eran liberados de su espantoso aspecto transformándose en un apuesto príncipe azul. Pero a la despiadada luz del día, cuando descubría el espejo que guardaba para recordarle por qué estaba ahí, su reflejo le decía que su vida no era ni por asomo un cuento de hadas.

Deodonatus bajó la luz de las lámparas y cubrió de nuevo el espejo, pero dejó los postigos abiertos para mirar y oír los sonidos de la ciudad. La habitación era acogedora y la mantenía ordenada, salvo por el escritorio, siempre cubierto de un montón de material de escritura: papel, plumas, tinteros y un ejemplar del diccionario de Jonsen. En la pared había colgado algunos de los artículos que había escrito últimamente, uno de ellos trataba de la peligrosa velocidad a la que circulaban los caballos y los carros por las calles. Le gustaba de manera especial el titular que le había puesto:

EL EXCESO DE VELOCIDAD DE LOS CARROS
PROVOCA ACCIDENTES MORTALES Y MUTILACIONES

Aquella noche, mientras Juno dormía profundamente con el ambiente impregnado del aroma de hierbas y Pin escribía en su diario las peripecias que acababa de vivir, Deodonatus contemplaba de pie junto a la ventana los tejados blancos de las casas. Relucían bajo la intermitente luz de la luna, contrastando con las negras aguas del Foedus que se tragaban ávidamente la luz. Aquellos días Deodonatus se sentía inquieto. Caminó impaciente de arriba abajo por la habitación, hablando entre dientes para sí y jugueteando con su pelo hasta anudarlo. Media hora más tarde fue al escritorio, sumergió la pluma en el tintero y se puso a escribir febrilmente.

10

Artículo publicado en

The Urbs Umida Daily Chronicle

UNA POBRE BESTIA EN LA TABERNA DEL DEDO LIGERO
por
Deodonatus Snoad

Mis queridos lectores:

Estoy seguro de que a estas alturas muy pocos de vosotros no habéis visto, o al menos oído, lo que ocurre en el Dedo Ligero, esa tabernucha de mala reputación —se la ha ganado con creces— del puente. Reconozco que si Betty Peggotty tiene alguna cualidad es su buen olfato para los negocios. ¿Quién no se acuerda del espectáculo de la sirena que nos presentó hace sólo varias semanas? Reconozco que la sirena tenía la cola un poco fofa y que quizá no era de tan buen ver como podría esperarse de semejante divina criatura acuática —parecía estar entradita en años, quizá por eso la pudieron capturar—, pero a efectos prácticos era un ser vivo, una sirena que respiraba y que daba gritos ahogados de vez en cuando.

La señora Peggotty también había exhibido antes, si no recuerdo mal, un centauro llamado señor Ephcott.

Aunque nunca hablé con este sujeto, he oído decir que era una persona sorprendentemente culta con unos modales exquisitos. Pese a estar un poco entumecido, sobre todo en las patas traseras, era sin duda un espectáculo de lo más agradable. Y esto es después de todo lo que los pobres ciudadanos de Urbas Umida andamos buscando, ¿no es así?

Dejando a un lado las sirenas, los centauros y otras clases de criaturas exóticas, debo deciros que creo que la señora Peggotty se ha superado a sí misma. Ahora, aparte de tener la taberna llena a rebosar de la mañana a la noche de borrachines (¡algunos ya nos dan un buen espectáculo de por sí!) llenándole las arcas de dinero, exhibe en el sótano una criatura salvaje de otra índole, llamada la Bestia Glotona. ¡El lugar es un auténtico circo!

Como mi deber es manteneros bien informados, queridos lectores, me he tomado la libertad de ir a ver a la Bestia Glotona. Y puedo aseguraros que todo cuanto se cuenta de ella es verdad. Es una criatura espantosa de una especie sin identificar con un insaciable apetito. Es obligatorio mantenerla encerrada en una jaula. Tiene un temperamento imprevisible y se alimenta de la carne cruda más asquerosa, aunque le gusta en especial el jocastar, ese animal parecido a una oveja tan apreciado por su lana. No hay nada como una bestia con unos gustos caros. ¡No es la única en la ciudad que los tiene!

Bestias aparte, debo tratar, aunque me resulte penoso, un tema más grave que nos incumbe a todos. Es mi deber informaros, por más triste y doloroso que sea, que el Asesino de la Manzana Plateada ha vuelto a las andadas. Hoy a primeras horas de la mañana han encontrado otro cuerpo, el cuarto, en el Foedus. Ninguno de nosotros ha olvidado el caso de Oscar Carpue y el asesinato de Fabian Merdegrave. La policía aún no ha dado con el señor Carpue, que en mi opinión es el culpable. Muchos creen que ha huido de la ciudad para no ser condenado a la horca. Pero yo no pienso lo mismo. Me pregunto qué podría él decirnos del Asesino de la Manzana Plateada. Después de todo los dos son tal para cual. Es de lo más razonable creer que el Asesino de la Manzana Plateada y Oscar Carpue son la misma persona. A pesar de no haberse encontrado ninguna manzana en el bolsillo de Fabian, ¡quién sabe los mecanismos de la mente de un asesino!

Si piensan en ello, queridos lectores, me acabarán dando la razón.

Hasta la próxima,

Deodonatus Snoad

Deonodatus firmó con un gesto de satisfacción, enrolló el papel y lo ató con un cordel. El mal estaba en todas partes. Los seres humanos eran malos por naturaleza. Al igual que su deseo de poder, un poder que Deodonatus ejercía con las palabras que escribía. ¡Qué placer sentía al pasear por las calles de noche para oír a la gente hablar de sus artículos!

Deodonatus tenía un grupo de ávidos seguidores entre los lectores del *Chronique*. Se reunían a diario en los cafés y en las tabernas, y en las esquinas de la calle, para oír lo que decía sobre los últimos acontecimientos de la ciudad. No siempre entendían lo que escribía, pero se lo creían a pies juntillas (si se publicaba en el *Chronique* debía de ser cierto) y estaban orgullosos de que les llamara «queridos lectores». Se sentían como si él se preocupara por ellos, y esto bastaba para ganarse su lealtad de por vida. En cambio, Deodonatus despreciaba al público lector.

Tiró impaciente de una manilla que colgaba del techo junto a la puerta y en algún lugar de la casa sonó el apagado tintineo de una campanilla. Minutos más tarde se oyeron unos suaves pasos subiendo las escaleras y después alguien llamó a la puerta. Deodonatus la abrió sólo dos dedos.

—¿Tiene algo para mí, señor Snoad? —le preguntó el chico bostezando medio dormido, pues eran altas horas de la noche.

Él le entregó el rollo de papel por la ranura de la puerta.

—Es para la edición de mañana, ¿verdad? Todos estamos esperando leerlo.

—Sí —dijo gruñendo Deodonatus, y después le cerró la puerta de golpe.

11

Hogar dulce hogar

Pin se arrodilló en el suelo y vertió con cuidado un poco de agua en las cáscaras de coco que había colocado debajo de las patas de la cama. Era el mejor sistema que conocía para evitar que los bichos y los piojos se encaramaran al colchón. En cuanto pensó en «bichos», le vino a la cabeza Deodonatus Snoad. Había leído su último artículo en el *Chronicle*.

¡Esa asquerosa cucaracha!, pensó Pin con odio. *¡Cómo se atreve a sugerir que mi padre es el Asesino de la Manzana Plateada!*

¿Acaso no le bastaba con haber escrito a diario en las semanas siguientes a la estrangulación de Fabian Merdegrave sobre la supuesta participación de Oscar Carpue en su muerte? Y cada día lo difamaba y acusaba de asesinato. *Sin tener ni la más mínima piel de patata de prueba*, pensó Pin. *Desaparecer del mapa no es lo mismo que ser culpable*, se dijo cerrando los puños y haciendo rechinar los dientes. A Deodonatus le importaba un pimiento la verdad. *Ese hombre es peor que un escarabajo pelotero. Si me topo con él algún día... Si...* Era una frase que acababa de distintas formas, pero que usualmente conllevaba violencia.

Pin se tumbó en la cama y lanzó un suspiro de agotamiento. Pero enseguida se levantó, porque el colchón consistía en una o dos capas de paja y las tablas de maderas sobre la que se apoyaba eran duras como una piedra. Barton Gumbroot no era la clase de casero que se preocupara de que sus inquilinos estuvieran cómodos. En cuanto a él, debería considerar un favor que le hubiera alquilado una habitación con cama, la mayoría sólo disponía de un colchón en el suelo.

Incluso ahora, cuando hacía ya varios días de aquella extraña experiencia en la *Cella Moribundi*, Pin no podía sacársela de la cabeza, ni de la nariz. Su camisa impregnada del aroma de la artemisa y la mirra le recordaba constantemente aquella espeluznante noche.

Aunque Pin no le hubiera contado nada, el señor Gaufridus era una persona muy receptiva a su manera, y al verlo a la mañana siguiente de la experiencia con la pobre Sybil, supo enseguida que le había ocurrido algo. El chico parecía tener la cabeza en otra parte, tiraba de los dedos gordos y pinchaba las plantas de los pies con un exagerado esmero. Aparte de la obsesiva dedicación de Pin por su trabajo, el cerrojo roto de la puerta de la entrada y las fangosas huellas en la *Cella Moribundi* demostraban la presencia de otras personas, además de la de un chico y un difunto.

—¿Hay algo que quieras decirme? —le preguntó el señor Gaufridus.

Pin no era la persona más hábil ocultando cosas. Ante la fría mirada del dueño de la funeraria se lo contó todo, y al desembucharlo sintió un gran alivio.

—Fue como un sueño —concluyó Pin—. No estoy seguro de si lo que vi fue real y además me drogaron. Estoy convencido de haber sido víctima de un ingenioso ilusionista, porque lo que vi es imposible.

El fabricante de ataúdes, un tipo práctico, opinó lo mismo. Hasta cierto punto comprendía la situación de Pin —después de todo le habían dejado sin sentido— y no había ninguna prueba de que Sybil hubiera gozado de un breve respiro antes de su descanso eterno. Aquella mañana llevaron a la difunta al cementerio más tarde de lo que era habitual, y al volver, mientras el señor Gaufridus cerraba tras de sí la puerta de la funeraria, Pin se mostró cabizbajo.

—Debería haberles oído, tendría que haberles impedido que entraran —exclamó abatido—. ¿Aún quiere que siga trabajando para usted?

El señor Gaufridus carraspeó ruidosamente. Habría sonreído de poder hacerlo. El chico le caía bien. Pin trabajaba duro. No se le podía culpar por lo ocurrido. Sí, podía amenazarle diciendo que había un montón de otros chicos en la calle dispuestos a tirar de los dedos gordos de los pies para ganarse la vida, aunque debía admitir que dudaba de que fueran tantos. Además, estaba seguro de que no encontraría a nadie tan honrado y concienzudo como Pin. En cuanto a si su padre era un asesino o no, el dueño de la funeraria, a diferencia de muchos urbs umidianos, era una persona muy avanzada para su tiempo, puesto que creía que un hombre es inocente hasta que se demuestre lo contrario.

—Sí —respondió afectuosamente—, pero no permitas que vuelva a ocurrir —añadió sin poder evitarlo con una cierta severidad, por precaución.

Pin, sentado en el borde de la cama, intentó no pensar más en Sybil ni en Deodonatus Snoad. Oyó unos pasos subiendo las escaleras de madera de la pensión. Reconoció las fuertes pisadas y crujidos. Barton Gumbroot tal vez fuera ligero de dedos, pero caminaba como un elefante.

Esperó oír los inevitables palmetazos. Barton siempre llamaba a su puerta con la palma de la mano y no con los nudillos. Al ir a abrir, hizo una mueca. Sabía que era Barton, incluso desde el otro lado de la puerta de madera, por su peculiar olor. Olía a muchas cosas, pero sobre todo a sangre seca (de otros) y a mal aliento (el suyo).

Barton Gumbroot estaba plantado en el oscuro pasillo con su ropa habitual: una camisa gris (quizá antes había sido blanca) con mangas anchas ceñidas en los puños por medio de cordones, un chaleco con unas sospechosas manchas y unos pantalones negros de tela de origen desconocido. Llevaba un pañuelo atado al cuello cubierto de restos de comida seca y las botas salpicadas de barro y de otra sustancia que el chico no necesitaba examinar con mayor atención para descubrir qué era.

Pero a Pin no fue la ropa de Barton lo que le preocupó, sino su furtiva mirada. Sabía que significaba una de estas dos cosas: o bien le iba a pedir más dinero (últimamente lo había hecho ya tres veces), o bien le iba a decir que se fuera.

—Tengo noticias para ti, chico —anunció Gumbroot frotándose los nudillos con la palma de la mano, emitiendo un ruidito áspero con su seca piel.

Pin se cruzó de brazos y se quedó plantado con los pies separados. Había descubierto que era la mejor forma de tratar con ese hombre. Le miró de arriba abajo, impertérrito.

—¿De qué se trata?

—El alquiler ha subido.

—Ya sabe que no puedo pagar más de lo que le doy —protestó Pin.

Barton asomó la cabeza por la puerta y evaluó las medidas de la habitación.

—Podría tener cuatro veces más inquilinos aquí.

—¿Quiere decir alojar a cuatro personas más?

Gumbroot pareció confundido. Las matemáticas no se le daban bien. Se sorbió la nariz. Siempre le habían puesto un poco nervioso los desalojos. No porque le importara el inquilino que iba a echar, sino porque temía la reacción que pudiera tener. Para una persona desesperada, ser desalojada de la casa de Barton Gumbroot era la última gota que colmaba el vaso, y al estar desesperada hacía cosas desesperadas.

—No te hagas el listillo conmigo, chico. Mañana a primera hora quiero verte fuera de aquí.

—Supongo que no tengo elección —replicó Pin amargamente.

Gumbroot se tiró de la nariz con el índice y el pulgar y ladeó la cabeza.

—Pues va a ser que no —respondió con una cierta satisfacción—. Sabía que lo entenderías. Siempre fuiste un inteligente…

Pin le cerró la puerta en las narices.

—De hecho, ¿podrías hacerme el favor de irte esta noche? —oyó que le decía la voz incorpórea del señor Gumbroot desde el otro lado de la puerta—. Te lo agradeceré mucho.

Pin se marchó más tarde aquella noche. Sabía que si no se iba la próxima vez que volviera encontraría sus cosas en la calle y a una nueva familia instalada en su habitación. Así era como funcionaban las cosas en la ciudad. Empacó lo poco que tenía y se las piró.

Supongo que ahora al menos encontraré algo mejor, se dijo intentando conservar el buen humor. Al menos ya no tendría que oír más los gritos que salían del sótano. Aquella noche había ocurrido algo horrendo en él. Pero a pesar de su optimismo Pin estaba preocupado. El invierno no era una buena época para buscar una habitación en Urbs Umida y lo más probable es que tuviera que pasar la noche en la calle.

12

Un espectáculo nocturno

A LA SEÑORA BETTY PEGGOTTY, LA PROPIETARIA,
LE COMPLACE ANUNCIAR EL ESPECTÁCULO EN

LA TABERNA DEL DEDO LIGERO

PARA VUESTRO GOZO Y DELEITE

DEL MAGO DE LOS HUESOS

NO HAY HUESO MUERTO QUE SE LE RESISTA
NO OS DECEPCIONARÁ
PRECIO DE LA ENTRADA: SEIS PENIQUES
VENID A VER TAMBIÉN

LA BESTIA GLOTONA

UNA HORRENDA CRIATURA DE UN APETITO INSACIABLE
PRECIO DE LA ENTRADA: SEIS PENIQUES
LA TABERNA ESTÁ ABIERTA
HASTA LA MEDIANOCHE

Pin, desde la entrada de la taberna del Dedo Ligero en la que se había resguardado, podía leer fácilmente el folleto tirado en el suelo junto a sus pies, uno de los muchos que la gente echaba a las alcantarillas.

La Bestia Glotona. Deodonatus Snoad —Pin escupió al ver su nombre en el folleto— había escrito recientemente un artículo sobre ella. Y el Mago de los Huesos... Ese espectáculo podía ser interesante. Le quedaban unos pocos peniques en el bolsillo —no le había pagado a Barton el alquiler que le debía—, pero ¿quería gastárselos aquí? Se acabó de decidir al notar una gran sombra sobre él. Era el policía Coggley.

—¿Qué te traes entre manos? Ya sabes que no puedes quedarte aquí —le espetó mirándole con curiosidad—. ¿Te conozco?

—No creo —respondió Pin retrocediendo.

—Sí que te conozco —afirmó Coggley agarrándolo por la barbilla y obligándole a levantar la cabeza—. Eres Pin Carpue. Te he reconocido por tus extraños ojos. ¿Qué estás tramando, chico? Espero que no me causes problemas.

—No —repuso Pin indignado, apartando la cara de la manaza de Coggley. Empujó la pesada puerta de la taberna lentamente.

—¿Has visto a tu padre? —le gritó Coggley a su espalda—. Si es así, es mejor que me lo digas. La policía lo está buscando.

—Ya lo sé —respondió Pin entre dientes—. Ya lo sé —y entró en la taberna.

El Dedo Ligero era una de las muchas tabernas que había en el puente hacía siglos. Estaba en un buen punto, porque al quedar en el centro, a la gente no le daba la sensación de cruzar a la otra orilla. A los norteños no les gustaba ir a la zona sur de la ciudad y a los sureños les repateaba ir a la zona norte. Fuera cual fuera el nombre de la taberna y su propietario, había algo que no había cambiado con los años: la calidad de la clientela. Se decía que si visitabas Urbs Umida todo cuanto necesitabas hacer era pisar el Dedo Ligero para ver una auténtica representación de lo que la ciudad tenía para ofrecerte.

Podías encontrar todo cuanto había en ella: suciedad, olores y buenos ciudadanos; ladrones, timadores, estafadores, mentirosos, farsantes y falsificadores. Había tanto norteños como sureños, y Betty Peggotty los trataba igual a todos. Bueno, con tanta igualdad como las carteras de la clientela se lo permitían.

El suelo del local estaba cubierto de una mezcla de aserrín, paja, barro y manchas de sanguinolenta naturaleza. El ruido era ensordecedor: canciones, gritos, carcajadas y risas. Y los olores… ¡Madre mía, qué olores! Para Pin fue como una desenfrenada cacofonía olorosa y respiró hondo. Aspiró toda la excitación que se palpaba en el aire y la saboreó. Había gente jugando a cartas, podía oler la tensión; gente tramando conspiraciones, podía oler el miedo, y también el regocijo y la excitación. Lo olió todo: la sangre, el sudor, las lágrimas saladas, el alcohol, el olor a pescado de los estibadores y el exótico aroma de los marineros de tierras lejanas. Incluso había una pizquita de amor; sólo una pizquita. El Dedo Ligero no era un lugar de cortejo. Tras haberse hinchado de inhalar olores, se dirigió al tipo que tenía al lado.

—¿Dónde está el Mago de los Huesos? —preguntó. Oyó un gruñido como respuesta y un dedo nudoso le señaló el fondo de la taberna, donde se veían unas escaleras. En lo alto había un hombre plantado junto a una puerta abierta. Pin subió las escaleras lleno de curiosidad.

—Son seis peniques —le dijo el tipo de la puerta—. Y puedes hacer una pregunta.

—¿A quién debo hacérsela?

—A Madame de Bona.

—¿Ah, sí? —exclamó Pin. Desde la puerta vio que la sala estaba ya llena.

—Pasa de una vez —le soltó el tipo impaciente—. Cierran la puerta a las ocho.

Pin se descubrió en el fondo de una sala a oscuras llena a rebosar. A su alrededor oyó gente revolviéndose y cuchicheando y pilló algunos fragmentos de conversaciones.

—He oído decir que esa Madame Bona predice el futuro.

—Supongo que puede verlo al haberse ido ya al otro barrio.

—¿Sabes lo que me han dicho? ¡Que me parta un rayo si miento! Que Molly, la mujer que vivía enfrente de mi casa, le preguntó por su pobre Fred, el que se cayó en el Foedus el otro día.

—Lo empujaron, ¿verdad? Se rumorea que fue ella la que lo hizo.

—Fuera quien fuera, ese montón de huesos de la Bona le dijo que su marido estaba feliz y que la esperaba. ¿Y sabes lo que pasó? Que al día siguiente ella se murió y se reunió con él.

—¡No me digas! ¿En el Foedus?

—¡Pero qué dices! No, en la tumba.

—¡Tanto da! Con ese asesino de la fruta andando suelto por ahí, últimamente el Foedus está lleno de cuerpos.

Pin se coló entre la multitud para ir a primera fila, desde allí se veía una plataforma elevada. A un palmo y medio más o menos del borde, sobre una mesa baja había un ataúd poco profundo. Era muy tosco y la tapa no encajaba bien. Al verlo Pin pensó sonriendo en el señor Gaufridus. No era como los que él fabricaba, dejaba mucho que desear. En el fondo de la plataforma había un biombo de cuatro bastidores y alguien moviéndose tras él.

De pronto el público enmudeció. Un hombre vestido de la cabeza a los pies con una túnica negra salió de detrás del biombo. Llevaba sujeta en el cuello con un broche de plata, una capa oscura de terciopelo que le caía formando pliegues desde los hombros. La pesada tela, bellamente adornada con enredaderas y frutas bordadas de color ámbar y dorado, se agitaba alrededor de sus tobillos al caminar revelando el brillante forro escarlata. Los zapatos, que asomaban bajo el dobladillo de la túnica, también eran de tela dorada y tenían un poco de tacón y las puntas hacia arriba adornadas con borlas. A cada paso que daba las borlas hacían frufrú.

Su rostro estaba oculto por una gran capucha que le caía sobre la frente, protegiéndole los ojos. Tenía las cejas espesas y grises y una tez pálida que por extraño que parezca le brillaba en la oscuridad. Llevaba el bigote con las puntas enceradas peinado cuidadosamente a cada lado de la boca, y del mentón le crecía una perilla blanca. Las mangas de la túnica eran tan largas que, cuando tenía las manos colgando a los lados, las uñas apenas se le veían y sólo mostraba sus delgadas muñecas cuando alargaba los brazos.

Después salió una segunda persona de detrás del biombo, también encapuchada y con una capa oscura de tela corriente, el único adorno que llevaba eran las piezas alargadas doradas a modo de botones que la sujetaban. La figura bajó con gracia de la plataforma y se puso a caminar lentamente entre el público, agitando rítmicamente hacia delante y hacia atrás un frasquito en forma de lágrima sujeto a una cadenita de plata. De su esbelto cuello se elevó indolentemente una espiral de humo blanquecino que desprendía un dulce aroma. A Pin el corazón se le puso a latir con fuerza y las piernas le empezaron a temblar. Conocía aquel olor.

—Bienvenidos seáis todos —exclamó el hombre por fin—. Me llamó Benedito Pantagus y soy el Mago de los Huesos.

13

Diario de Pin

En este momento estoy sentado en un oscuro rincón del Dedo Ligero. Tengo los suficientes peniques como para tomarme una jarra pequeña de cerveza y acabo de asegurar la inestable mesa en la que estoy escribiendo para contar en mi diario lo que sucedió en el espectáculo nocturno de ayer. ¡Qué ciudad más alucinante! Hace sólo varios días creía haber visto lo más extraño que podía ofrecerme. ¡Pero ayer por la noche volví a ver en el Dedo Ligero a las personas que me drogaron dejándome sin sentido en la Cella Moribundi! ¿Te imaginas cómo me sentí al descubrir quiénes eran? Debería de haberme puesto furioso, pero sin embargo cada vez que aspiraba el intenso aroma de la sala sentía una gran paz y calma que me permitía presenciar de nuevo, esta vez de pie y despierto, el espectáculo más fascinante. Esto fue lo que vi.

El señor Pantagus, después de presentarse, se dirigió a la cabecera del ataúd.

—Querido público, un Mago de los Huesos nace con

este don, no es algo adquirido. Heredé mi talento con los muertos de un largo linaje de Magos de los Huesos. Yo lo heredé de mi padre, y él lo heredó a su vez del suyo, y así sucesivamente. Es una línea antiquísima que viene de hace siglos. El mundo tal vez haya cambiado con los progresos de la filosofía y la ciencia, pero tened la certeza de que hoy día aún hay cabida en él para los que revivimos a los muertos.

Se escuchó una oleada de murmullos asintiendo. El señor Pantagus extendiendo el brazo señaló el ataúd.

—Soy un hombre privilegiado. Me han dejado a mi cargo este ataúd en el que reposa el esqueleto de Madame Celestine de Bona. Os pido que guardéis silencio mientras llevo a cabo la ceremonia que le devolverá la vida.

Juno, la segunda figura a la que yo había reconocido, apagó las velas colocadas alrededor de las paredes, y sólo dejó encendidos los gruesos cirios de cera de abeja soportados por unos altos candelabros de hierro en cada esquina de la plataforma. El señor Pantagus levantó la tapa del ataúd y la depositó a un lado. Después, abriendo los pasadores del interior, dejó caer los lados movibles exponiendo el espeluznante contenido de la caja.

El público enmudeció y todos nos inclinamos hacia delante al unísono, —nuestra curiosidad era más fuerte que el miedo que sentíamos— para ver mejor lo que teníamos delante de los ojos. Ya que allí, a la vista del atemorizado público yacían los huesos marrones y secos de Madame de Bona.

Yo contemplé boquiabierto, inundado por una mezcolanza de emociones, a Benedito Pantagus ejecutando una serie de acciones que reconocí enseguida por ser idénticas a las que había presenciado pocos días antes en la Cella Moribundi. Olí de nuevo a canela y mirra, a anís y artemisa, mientras esperaba con una creciente excitación lo inevitable.

El esqueleto empezó a moverse.

El armazón de huesos descarnados se agitó convulsivamente de la cabeza a los pies emitiendo un repiqueteo escalofriante. La calavera abrió un poco las mandíbulas y su sonriente boca emitió un quejumbroso gemido, como el que me había imaginado en mis pesadillas, pero que nunca creí llegar a oír. Los espectadores dieron un grito ahogado, echándose atrás ante la repulsiva criatura de ultratumba que tenían ante los ojos. En el fondo de la sala se oyó un agudo chillido y una joven se desmayó. Pero la gente estaba tan cautivada por la escena que la dejaron en el suelo para que volviera en sí por sí sola.

Si el esqueleto había pertenecido a una dama, como el señor Pantagus afirmaba, sólo unos ojos expertos podían corroborarlo a juzgar por los pocos restos que quedaban de ella. El esqueleto se alzó muy despacio, como un barco sobre la cresta de una ola, hasta incorporarse. Apoyó las manos en los lados del ataúd y sus largos y huesudos dedos repiquetearon al posarse en la madera. Abriendo de par en par las mandíbulas cubiertas sorprendentemente aún de dientes, emitió al parecer un bostezo.

—Damas y caballeros —exclamó el señor Pantagus con su grave y sonora voz, cautivándonos a todos—, les presento los huesos reanimados de Madame Celestine de Bona.

Entendiendo que era el punto culminante, nos pusimos a aplaudir ruidosamente con un increíble entusiasmo. Creo que el señor Pantagus sonrió un poco, porque su barba se movió de forma casi imperceptible.

—Muchas gracias —exclamó gentilmente haciendo una pequeña reverencia—. Vamos a ocuparnos ahora del tema que nos incumbe. Madame de Bona, aunque parezca estar vivita y coleando, no se quedará con nosotros por mucho tiempo. Como ya sabéis, los seis peniques que habéis pagado os dan derecho a hacer una pregunta. Quizá deseéis conocer la suerte de un ser querido que también se ha ido al otro mundo. O queráis preguntar algo sobre vosotros. Sea cual sea el problema, Madame de Bona intentará daros la respuesta.

La gente cuchicheó entre ella, estaba demasiado nerviosa como para hablar directamente con ese extraño Mago de los Huesos y con el esqueleto de su amiga.

—No os dé vergüenza —observó casi alegremente—. Os ruego que no decepcionéis a Madame de Bona. Cuando vivía era una de las mejores adivinas del mundo. No le neguéis la satisfacción de responderos desde ultratumba.

Su ruego pareció funcionar y un joven se acercó rojo como un tomate a la tarima andando pesadamente.

—¿Es verdad que Madame de Bona predice el futuro? —preguntó.

—Un cuerpo reanimado está bendecido con ese don —repuso el señor Pantagus—. ¿Tienes alguna pregunta para ella?

—Dígame, Madame de Bona —inquirió nerviosamente—, ¿me enamoraré algún día?

En la sala se hizo un silencio tan denso que se podía cortar en dos con un hacha. Madame de Bona ladeó la cabeza, era fácil imaginar que si hubiera tenido ojos en las cuencas los habría levantado al cielo en contemplación. Inclinándose casi imperceptiblemente hacia el joven, repuso con una voz de ultratumba: «Sí».

Esta sola palabra entusiasmó al público. No puedo negar que a mí también me conmovió, pero un tipo enorme acercándose a la tarima tiró del joven para que no pudiera decir una palabra más (yo de él habría preguntado: «¿Y cuándo será eso?»).

—¡Madame! —exclamó ansiosamente alargando el brazo.

—A Madame de Bona no le gusta que la toquen —le interrumpió severamente el señor Pantagus frunciendo el ceño.

El hombre se sonrojó y retrocedió enseguida disculpándose.

—Dígame, Madame, ¿por qué mis gallinas no ponen huevos?

Madame de Bona lo miró con sus cuencas vacías y repuso desdeñosamente:

—No respondo preguntas sobre gallinas.

El hombre echó una mirada suplicante al señor Pantagus para que intercediera, pero él simplemente se encogió de hombros.

A todo esto le siguió una plétora de preguntas sobre un montón de temas que generalmente tenían que ver con las preocupaciones diarias de los habitantes de un lugar como Urbs Umida. Las respuestas de Madame de Bona provocaron risas, gritos ahogados, gestos de asentimiento y meneos de cabeza. Al final del espectáculo reinaba un ambiente tan alegre como el de abajo en la taberna. Finalmente, el señor Pantagus levantó la mano y todos los presentes nos callamos de golpe esperando ansiosamente lo que iba a decirnos.

—Sólo nos queda tiempo para una pregunta más. Madame de Bona pronto estará agotada.

A decir verdad era el señor Pantagus el que parecía estar agotado. Su voz, grave y ronca al empezar, ahora sonaba cansada. Antes de poder evitarlo me oí diciendo:

—Tengo una pregunta.

Todos los ojos se posaron en mí y me resiguieron de arriba abajo como de costumbre, sabían por mi rostro que yo no era como ellos, pero ignoraban exactamente por qué.

—Madame de Bona, ¿dónde está mi padre y por qué ha desaparecido? —dije siendo preciso.

—¡Esto son dos preguntas! —farfulló el hombre de las gallinas que se negaban a poner huevos.

Madame de Bona se tomó su tiempo para responderme. El público se empezó a poner nervioso. «Es aquel chico llamado Carpue», oí a alguien decir en el fondo de la sala, y me puse colorado como un tomate, pero seguí mirando fijamente a Madame de Bona.

—Muchacho —repuso ella con un hilo de voz—, tu padre está vivo y no se encuentra tan lejos como crees. Sigue buscando y darás con la verdad.

Yo estaba temblando. Quería que la gente dejara de mirarme y murmurar. Por fin el señor Pantagus habló.

—Damas y caballeros —dijo rápidamente—, se han acabado las preguntas por esta noche. Os agradezco que hayáis venido a vernos y espero que les habléis de nosotros a vuestros amigos.

El esqueleto de Madame de Bona, como si supiera que era el momento preciso de hacerlo, volvió a meterse muy despacio en el ataúd emitiendo un último repiqueteo de huesos al posar el cráneo sobre la madera. El público los ovacionó y despidió con unos aplausos atronadores. La puerta de salida se abrió y todo el mundo abandonó pesadamente la fragante sala, dirigiéndose a la no tan fragante taberna.

Mientras yo observaba al señor Pantagus y a Juno cerrar con presteza el ataúd, un grupito de gente subió a la tarima para inspeccionarlo y me tapó la vista. Muerto de curiosidad, yo también fui a examinar la caja, pero estaba vacía y no había ni rastro del Mago de los Huesos ni de la chica. Al mirar detrás del biombo, vi una puerta trasera. Giré el pomo y la puerta se abrió. Daba a unas escaleras. Las bajé y me encontré al final con otra puerta. La crucé y salí al callejón que desembocaba al Dedo Ligero. A mi izquierda tenía el Foedus y a mi derecha la calle que pasaba por encima del puente.

El callejón estaba vacío. Mientras respiraba el aire fresco cavilé en lo que acababa de ver y en la respuesta de Madame de Bona. Podía sentir una pizca de esperanza naciendo en mi corazón. Quizá mi padre seguía en la ciudad después de todo. Pero este pensamiento me angustió. Si volvía a verlo averiguaría la verdad. ¿Era eso lo que yo realmente quería?

14

Un encuentro inesperado

Al salir a la calle, Pin se sacó la gorra del bolsillo y se la encasquetó hasta las orejas y luego se levantó el cuello del abrigo para taparse por completo, pero por desgracia le faltaban dos dedos de tela y el cogote le quedó al descubierto. El frío se agarró a su mollera como un torno. El agradable calorcillo de la cerveza y la taberna había quedado muy atrás.

Esta noche no puedo dormir en la calle ni loco. Hace tanto frío que me quedaría helado antes del amanecer, pensó.

Era el invierno más frío que había conocido. Incluso el Foedus discurría más lento de lo habitual. Pin sabía que no debía dejar de moverse. Se puso a caminar sin rumbo, pero enseguida se topó con algo duro en el suelo. Era una patata. Ojalá estuviera caliente. Esto no era tan inaudito como parece, porque mucha gente llevaba patatas calientes en los bolsillos para calentarse y dar buena cuenta de ellas en cuanto se enfriaban. Pero ésta no estaba cocida. Aún había tierra pegada en ella. Y tenía una forma de lo más peculiar: era redonda por un extremo y puntiaguda por el otro. Si no fuera por el color rojo oscuro de la piel, Pin la habría confundido con una zanahoria.

—Si no te importa, esta patata es mía.

Al oír la voz, Pin miró a su alrededor, pero no vio a nadie.

—¿Cómo has dicho? —preguntó y entonces sintió un dedo dándole unos golpecitos en la parte baja de la espalda y al mirar al suelo vio un tipo bajo, muy bajito, aunque de constitución robusta, mirándole fijamente—. ¡Oh! —exclamó Pin al no ocurrírsele nada mejor que decir, y le devolvió la patata.

El desconocido la cogió y se la metió en el bolsillo.

—Muchas gracias —repuso tendiéndole la mano derecha, en la izquierda sostenía una pipa. Le estrechó la mano a Pin con firmeza, tenía la palma áspera y cubierta de barro—. Soy Beag Hickory, me alegro de conocerte —añadió mirándole afectuosamente a los ojos, aunque echando la cabeza muy atrás.

—¿B-iag? —repitió Pin—, ¿cómo se deletrea tu nombre?

—B-E-A-G. Significa «menudo».

Pin se echó a reír, pero al ver que el tipo arqueaba las cejas se contuvo.

—Tiene sentido —afirmó Pin. Beag hablaba de una forma peculiar, por su marcado acento vio que no era de la ciudad—. Después de todo eres…

—Un enano —le interrumpió Beag—. Lo soy, todos tenemos una cruz en esta vida. Para algunos es más liviana que para otros —añadió observando al muchacho, esperando pacientemente.

—¡Oh! —exclamó Pin al comprender lo que estaba aguardando.

—Soy Pin.

—¿Pin a secas?

—Pin Carpue —dijo sin pensarlo, frunciendo el ceño al ver que había hablado más de la cuenta, pero Beag no dijo nada. A lo mejor no conocía el escándalo relacionado con la familia Carpue—. Es el diminutivo de Crispin —añadió.

—¿Así que Crispin, eh? —observó Beag reflexionando en el nombre y mirando a Pin de arriba abajo—. ¡Qué interesante! —fue todo cuanto dijo—. ¿Has estado en esa taberna? —preguntó apuntando con la cabeza hacia el Dedo Ligero.

—Sí. Acabo de ver allí al Mago de los Huesos —repuso Pin.

—¡Ah, sí, el señor Pantagus! —exclamó Beag—. ¡Una extraña profesión la suya! Aunque algunos dirían que la mía aún lo es más. ¿Y has ido a ver a la Bestia Glotona?

Pin sacudió la cabeza.

—Aún no.

Beag se frotó las palmas de las manos, emitiendo un sonido como de papel de lija.

—No creo que hayas salido a dar un paseo en esta helada noche —observó mirando a Pin burlonamente—. Es el invierno más frío que hemos tenido. Es muy inusual.

—Pues la verdad es que no —le confesó con una voz más lastimera de la que había querido poner—, he tenido que dejar la habitación en la que me alojaba y supongo que no me quedará más remedio que dormir en la calle.

—No serás el único en esta ciudad —dijo Beag secamente—. Yo estoy esperando a un amigo. Debe de estar a punto de llegar…

—¡Estoy aquí, buen hombre! —gritó una voz a su espalda y entonces se oyó a alguien echando a correr.

Pin se preguntó quién sería el amigo de Beag que hablaba de aquella forma tan peculiar, con el acento norteño, y esperó con interés para conocerlo. El hombre que se reunió con ellos era alto, muy alto, y el largo abrigo negro que llevaba abrochado hasta el cuello aún le hacía parecer más delgado. Pin pensó que era un caballero muy elegante y atractivo.

—Me alegro de haberte encontrado —exclamó dándole a Beag unas calurosas palmaditas en la espalda—. No me hace ninguna gracia andar por la calle solo a estas horas de la noche. Podría acabar en el Foedus por culpa de ese loco, ¿cómo lo llaman? ¿El Asesino de la Manzana Plateada?

—Así es como Deodonatus Snoad lo llama —puntualizó Beag.

—¿Y quién es este joven? —preguntó como si de pronto comprendiera que el desaliñado chico que había junto a Beag pudiera estar con él—. ¿No vas a presentarnos?

—Pin, te presento a mi gran amigo, el señor Aluph Buncombe —dijo Beag.

—Es un placer conocerle —repuso el chico educadamente, llevándose la mano a la gorra a modo de saludo.

—¡Qué modales más exquisitos! —exclamó el señor Buncombe sonriendo brevemente y mirándole de arriba abajo—. Seguro que no los has aprendido en esta parte del río.

—Se los debo a mi madre —repuso Pin—. Ella también era del otro lado del río. Me enseñó que los buenos modales cuestan muy poco, pero valen mucho.

—Una mujer sensata —afirmó Aluph, complacido de que lo hubiera tomado por un norteño. Se había pasado muchas horas perfeccionando su pronunciación de las vocales.

—Así es —dijo Pin en voz baja.

—El chico se ha quedado sin alojamiento. Me pregunto si la señora Hoadswood podría ayudarle —sugirió Beag.

—Si hay una mujer que haga siempre todo lo posible por echarte una mano, ésa es la señora Hoadswood —afirmó Aluph con seguridad—. Estoy seguro de que al menos te dará de cenar.

A Pin se le iluminó la cara ante la perspectiva.

—No puedo prometerte nada más —le advirtió Beag.

Como Aluph se estaba soplando las manos enguantadas impaciente por irse, los tres se pusieron en marcha.

—Dime, muchacho, ¿cómo conociste a Beag? —le preguntó Aluph entablando conversación.

—Al toparme con la patata del señor Hickory.

Aluph se echó a reír.

—¡Tienes suerte de que no te diera con ella en la cabeza!

Pin pareció confundido.

—¿No se lo has contado? —preguntó Aluph a su amigo lanzándole una mirada de complicidad.

—¿Contarme qué? —preguntó Pin.

—Uno de sus mejores talentos —terció Aluph sin que a Beag le diera tiempo a responder—. Aunque sea un hombre menudo, es un gigante intelectualmente.

El enano sonrió haciéndole una reverencia.

—Señor Buncombe, es demasiado amable conmigo.

—¿Cuáles son? —inquirió Pin preguntándose qué tendrían que ver sus talentos con la patata.

El diminuto sujeto se hinchó de orgullo y habló como si se dirigiera a un gran público.

—Yo, Beag Hickory, procedo de tierras lejanas, soy poeta y bardo, un erudito…

—¡Venga, todo eso ya lo sabemos! —le interrumpió Aluph—. Dile al chico a lo que realmente te dedicas.

Beag parecía un poco contrariado por no haber podido recitar su sarta de talentos, pero dijo gustoso:

—Es cierto que soy un poeta, pero como los urbs umidianos no saben apreciar esta clase de talento, he tenido que ganarme la vida de otra forma. Aunque no es el futuro que me prometieron cuando me senté en la *Cathaoir Feasa*.

—¿La *catahoir* qué? —preguntó Pin.

—¡Olvídate de ello! —terció Aluph impaciente—. Cuéntale a qué te dedicas.

—Soy lanzador de patatas —dijo Beag.

Por segunda vez aquella noche Pin tuvo que contenerse la risa. El enano miró la calle de arriba abajo evaluándola y señaló a lo lejos.

—¿Ves aquel poste de allí?

—Pin lo localizó. En el fondo de la calle había una farola.

Beag trazó una línea en la nieve y dio tres pasos hacia atrás. Después se sacó la patata del bolsillo y sacudió la tierra que tenía pegada. La agarró con destreza, echó a correr hacia la línea y la lanzó exhalando ruidosamente. Pin observó la patata mientras volaba trazando un largo arco a baja altura y golpeaba el poste emitiendo un considerable crujido.

—No está mal para un poeta, ¿no te parece? —exclamó Beag con un cierto orgullo al tiempo que se sacudía la tierra de la mano.

—¡Eres todo un lanzador de *poetatas*! —se atrevió a decir Pin con una sonrisa burlona.

Beag sacudió la cabeza y soltó unas risitas.

—Sólo utiliza las mejores patatas —observó Aluph amablemente sonriendo apenas—. Las *Hickory Reds.*

15

Beag Hickory

Independientemente de que las *Hickory Reds* fueran o no las preferidas del lanzador de patatas, Beag era imbatible lanzando objetos pesados de tamaño medio. No sólo por lo lejos que los arrojaba, sino por la precisión con que lo hacía.

Era un tipo con muchos talentos que había abandonado su tierra natal de joven para ver mundo, aprender y buscar fortuna. No estaba dispuesto a permitir que su baja estatura fuera un obstáculo y a los veinticuatro años ya había alcanzado dos de sus tres grandes objetivos: viajar por todas partes y componer canciones y poemas para demostrarlo. Aluph estaba en lo cierto al decir que era un gigante intelectualmente. Beag había adquirido unos conocimientos que pocos urbs umidianos admitirían y menos aún memorizarían y se había olvidado de más cosas de las que la mayoría de la gente podría aprender en toda su vida. Pero en cuanto al tercer objetivo, el de hacerse rico, Beag había fracasado estrepitosamente. De todo cuanto había aprendido, lo más duro era que la poesía y las canciones no daban para vivir. Pero a lo mejor podía ganarse la vida como lanzador de patatas. A fin de cuentas era un talento que atraía a la raquítica imaginación de los urbs umidianos.

Beag había llegado a la ciudad hacía dos inviernos con la

ropa y los zapatos que llevaba puestos y una vieja bolsa de cuero con una ancha correa en bandolera. Contenía, entre otras cosas, sus escritos: poesía y baladas —la mayoría deprimentes y sobre el mal de amores— que le gustaba recitar y cantar y con las que esperaba hacerse famoso algún día.

Llegó a las murallas de la ciudad a altas horas de la noche y las rodeó hasta dar con uno de los cuatro pares de entradas custodiadas. Por desgracia para Beag, era la puerta norte de la ciudad que conducía, como es de suponer, a la zona de los norteños. En cuanto los guardias vieron la desgastada ropa y el gorro de lana mojado que llevaba, y oyeron su acento extranjero, decidieron no dejarle entrar. El par de guardias dio un paso adelante con una actitud agresiva y poco amistosa, cruzando sus mosquetes para bloquearle el paso. Pero como Beag era muy bajito, los mosquetes le quedaron a la altura de la cara, y al no ser ésta la intención de los guardias, los bajaron agachándose un poco y le ordenaron que se identificara en esa ridícula postura.

—Me llamo Beag Hickory —anunció con orgullo—, y he venido a vuestra gran ciudad para hacerme rico —no entendió por qué los guardias se desternillaron de risa al oírlo.

—¡Ajá! —exclamó el más feo de los dos—. ¿Y cómo piensas lograrlo?

Beag se irguió cuan alto era poniéndose incluso de puntillas y tiró de la punta de su gorra (que volvió a encogerse casi al instante).

—Soy poeta, erudito, artista, narrador de cuentos…

—En ese caso, estás en la entrada equivocada —le interrumpió el otro guardia hoscamente.

—¿Esta ciudad no es Urbs Umida? —preguntó Beag.

—Pues sí. Pero sigues estando en la entrada equivocada. Te sugiero que pruebes la que queda al sur del río —le soltó el primer guardia sin molestarse siquiera en reprimir un bostezo—. Allí encontrarás los que son «de tu talla» —los dos guardias se echaron a reír a carcajadas de la ocurrencia.

—¿A qué se refiere al decir «de mi talla»? —preguntó Beag frunciendo el ceño.

—A los indigentes, oportunistas, actores circenses —repuso el guardia en un tono más duro.

—Prueba suerte en la taberna del Dedo Ligero del puente —sugirió el otro—. Betty Peggotty, la dueña, a veces exhibe a criaturas extrañas en ella —al oírlo le dio al otro guardia un ata que de risa tan descomunal que se quedó sin habla.

Beag, que había aprendido cuándo debía insistir y cuándo ceder, concluyó sensatamente que en aquella ocasión era mejor ceder.

—Muy bien —dijo retirándose con la dignidad intacta y una manchita de pólvora en la parte del chaleco donde el guardia le había empujado con el mosquete—. ¿Ha dicho el Dedo Ligero? Entonces quizá nos veamos por allí luego. Buenas noches y que tengan buena suerte.

Y así fue como Beag entró al cabo de un rato por la puerta sur con menos boato de lo que había deseado. Los guardas le permitieron pasar agitando la mano sin echarle siquiera una segunda ojeada. Advirtió casi al instante que la zona sur del Foedus olía mucho peor y, descartando posibles causas, dedujo que venía del río. Sí, las sucias y fangosas calles estaban cubiertas de toda clase de basura, como verduras y excrementos de animales, pero era el río el que soltaba aquel pestazo que te obligaba a hacer una mueca de disgusto. Beag siguió el Foedus, asumiendo con lógica que el puente que buscaba debía de estar en alguna parte del río, hasta que llegó al mercado. Los vendedores estaban recogiendo las paradas, pero aún había un montón de gente buscando las sobras baratas de las verduras. Beag sacó de su bolsa una pieza de madera con bisagras y la desplegó transformándola en una pequeña tarima, a la que se encaramó.

—Buenas noches, damas y caballeros —exclamó. Su generosa descripción de la gente reunida en el mercado provocó más de una o dos risas y también llamó la atención—. Permitid que me presente. Me llamo Beag Hickory y me gustaría entreteneros con una canción.

Se puso a cantar con una acongojada aunque afinada voz, pero cuando apenas había acabado el primer estribillo (uno de los muchos de la canción), oyó un extraño silbido. Como tenía los ojos cerrados, no pudo prever el misil que se le venía encima y una col podrida le dio en el borde de la cabeza.

Al abrir los ojos vio una segunda hortaliza volando hacia él, y esta vez se agachó para esquivarla, con lo que le dio de lleno en la cara al pobre tipo que estaba detrás. Aun así, Beag siguió cantando valientemente, o tal vez imprudentemente. O quizá de ambas formas.

—¡Cállate de una vez! —le soltó alguien, y entonces recibió otro tomatazo.

—¡Pero…! —farfulló Beag indignado con razón con la boca llena de tomate—. Si no he hecho más que empezar.

—¡Lárgate! —le gritó un niño desde lejos—. ¡No nos des más la tabarra! —y él y sus amigos le arrojaron una lluvia de manzanas podridas.

Beag se puso hecho una furia. Era la primera vez en toda su vida que sus canciones eran tan mal recibidas.

—Pero ¿qué te has creído, diablillo? —le gritó saltando de la tarima, y cogiendo lo primero que encontró a tiro, una enorme patata podrida, se la lanzó con tanta fuerza y precisión que lo derribó del impacto.

—¡Eh, que es mi hijo! ¿Qué demonios estás haciendo?

Beag se quedó helado al ver al hombre más grande que había visto en toda su vida. Aquel descomunal gorila, descollando sobre la multitud, se abalanzó sobre él para destrozarlo. El enano se puso a temblar de miedo.

¡Por todos los santos!, pensó, recuperando al instante su movilidad en las piernas. Giró sobre sus talones y huyó con la velocidad del rayo. Al llegar al puente, aquel hombre y un grupito de gente aún le perseguían aullando. Cruzó a toda pastilla la calle adoquinada, buscando desesperadamente a su alrededor un lugar donde esconderse.

—¡Métete por aquí! —le susurró una voz—. ¡Rápido!

Beag se dio media vuelta velozmente y vio un largo dedo llamándole desde la esquina de un callejón y en un periquete fue corriendo hacia él.

—¡Por aquí! —exclamó el hombre alto al que pertenecía el dedo arrastrando a Beag por una puerta que había en la pared justo en el instante en que el grupito entraba en el callejón. El diminuto hombre siguió a su salvador subiendo un corto tramo de escaleras y luego bajó por otro que lo llevó a una sala con el techo bajo repleta de gente y llena de humo y risas.

—¿Dónde estamos? —preguntó Beag a su rescatador anónimo.

—En la taberna del Dedo Ligero. No te conozco, pero te invito a una jarra de cerveza —respondió aquel hombre.

Varios minutos más tarde, los dos nuevos amigos, instalados cómodamente en un oscuro rincón, compartían una gran jarra de cerveza que la joven ayudante de la posadera les había llevado a la mesa. Cuando Beag estaba a punto de hablar, su corazón se paró en seco al oír un gran barullo cerca de la puerta. Era el gorila.

—¡Estoy buscando a un enano! —vociferó y al instante todo el mundo se calló en la taberna.

Una mujer de feroz aspecto (la temible Betty Peggotty) le lanzó una mirada desafiante con los brazos en jarras. Llevaba en la cabeza un exótico sombrero que había conocido mejores tiempos.

—¡Aquí no hay ningún enano, Samuel! —le soltó con firmeza—. Así que o te tomas una jarra de cerveza o ahuecas el culo.

—¡Bah! —exclamó el gorila, y ante tal elección, optó sin dudarlo por la cerveza y pronto estaba tan achispado como los demás.

—¿Puedo preguntarte tu nombre? —le dijo Beag ahora ya más relajado a su acompañante.

—Me llamo Aluph Buncombe.

—Pues muchas gracias, señor Buncombe, te debo la vida —admitió Beag estrechándole la mano profundamente agradecido.

—No hay de qué —repuso Aluph sonriendo de oreja a oreja—. Siempre estoy listo para ayudar a un colega que se ha metido en problemas, aunque no puedo imaginar qué le has hecho a Samuel Lenacre para que esté tan furioso contigo.

Beag le contó la lamentable historia y Aluph la escuchó poniéndose de su parte.

—¿Estás buscando trabajo? ¿Qué es lo que sabes hacer? ¿Puedes dar volteretas?

Beag se echó a reír y sacudió la cabeza irónicamente.

—¡Claro que puedo! ¿Hay algún enano que no sepa darlas? Pero tal vez prefieras mis otros talentos.

Aluph arqueó las cejas intrigado.

—¿Y cuáles son?

—Soy poeta y compongo baladas.

Su nuevo amigo frunció el ceño preocupado.

—Estoy seguro de que lo eres, pero si quieres ganar el suficiente dinero como para sobrevivir en una ciudad como ésta, debes conocer los gustos del público. Echa un vistazo a tu alrededor y dime, amigo mío, si a estos tipos pueden gustarles las historias o la poesía.

Beag inspeccionó la taberna y se le cayó el alma a los pies.

—Pero si me apasiona la poesía. He estado en la *Cathaoir Feasa* —se quejó.

—¿La qué? —exclamó Aluph sin darle al enano la oportunidad de explicárselo.

Aluph sacudió la cabeza.

—Beag, Beag —añadió en voz baja poniéndole la mano con unas uñas impecables sobre el hombro—. Míralos bien, ¿hay alguna otra cosa que sepas hacer?

Beag volvió a echar un vistazo a la taberna y lo comprendió.

—Sé lanzar patatas —admitió tristemente.

—Ajá —exclamó Aluph iluminándosele la cara—. Un enano lanzador de patatas. Creo que esto sí nos servirá.

16

Artículo publicado en

The Urbs Umida Daily Chronicle

UN ESPECTÁCULO SOBRENATURAL EN EL DEDO LIGERO
por
Deodonatus Snoad

Mis queridos lectores:

Estoy seguro de que a estas alturas muy pocos de vosotros no habéis visto o habéis oído hablar del Mago de los Huesos. No me sorprende que de nuevo tengamos que agradecerle a la señora Peggotty del Dedo Ligero la oportunidad de ver en acción a unos personajes tan fascinantes. El señor Benedito Pantagus, como se da a conocer, y su ayudante la señorita Juno Pantagus, su sobrina según tengo entendido, están actuando estos día en la sala de arriba de la taberna. No hay que olvidar que en el sótano la señora Peggotty también exhibe a la Bestia Glotona. ¡Qué sinfín de diversiones! Estamos en deuda con ella.

La magia de los huesos, el arte de revivir a los muertos, tiene una larga historia. Aunque no se puede decir lo mismo de los lanzadores de patatas, el otro día vi a uno de ellos en el puente. Me temo que este peligroso deporte sólo acabe hiriendo gravemente a alguien. Tubérculos aparte, para los que no estáis familiarizados con la práctica de revivir a los muertos, es un placer para mí transmitiros lo poco que sé del tema.

De todos los misterios que nos presenta la vida, la muerte es el mayor de todos. Hace siglos la gente tenía mucha fe en el poder de los muertos. En cuanto alguien pasaba del mundo real al del Más Allá, se creía que adquiría unos grandes poderes. Pero sólo los magos de los huesos podían aprovecharlos, y para ello tenían que revivir a los muertos. En cuanto los devolvían a la vida, invitaban a estas sabias almas a aconsejar a los vivos y predecir el futuro.

Yo he visto a Benedito Pantagus y a la sorprendente Madame de Bona y admito que no fue una imagen demasiado agradable que digamos. Espero que esta dama fuera más atractiva en vida. Fuera cual fuera su aspecto, no puedo negar que cumplió con sus obligaciones y respondió a toda clase de preguntas ante la aparente satisfacción de los implicados. La ingeniosidad y el excelente espectáculo del señor Pantagus son dignos de elogio. Sus trucos de magia superan con creces los que estamos acostumbrados a ver en la ciudad. No puedo afirmar con toda certeza si revivió o no a Madame de Bona, pero les aseguro que la inspeccioné a conciencia para ver si la movía por medio de hilos y no encontré ninguno.

Pero ya está bien de muertos por hoy. Me parece oiros preguntarme: ¿hay alguna novedad sobre el Asesino de la Manzana Plateada? Pues así es, y debo informaros a mi pesar que ayer por la mañana sacaron otro cuerpo, el sexto si no me equivoco, del Foedus. Y todavía el señor

Coggley, nuestro querido jefe de policía, sigue sin poder darnos la menor pista de la identidad del desalmado responsable de estos crímenes. Son unos días aciagos para la ciudad.

Deodonatus sonrió para sí y volvió a leer el artículo. «El Asesino de la Manzana Plateada.» Sí, le encantaba el nombre que le había puesto. Sonaba bien. Luego volvió a pensar en la Bestia Glotona. Él era el primero en admitir que tenía el corazón de piedra —no sentía nada por los demás, aparte de desprecio u odio—, pero con la Bestia Glotona era distinto. Cuando la bestia le miraba, se le removían las tripas. Aunque no le gustaba pensar por qué.

A Deodonatus no le sorprendió que a los urbs umidianos les entusiasmara la Bestia Glotona y el Mago de los Huesos. La gente quería que la asombraran y divirtieran, y también saber que la existencia de algunos seres que había por ahí era un poco peor que la suya. La Bestia era una prueba viviente de ello. En cuanto al Mago de los Huesos, ¿qué daño hacía? Era un medio como otro de ganarse la vida. *Aunque yo no podría dedicarme a ese trabajo*, pensó Deodonatus poniéndose en pie de pronto, sosteniéndose la solapa de la chaqueta con una mano y agitando el artículo con la otra, para declarar de manera autoritaria:

Ας εξασκήσει ο καθένας την τέχνη που ξερει.

Se sentó sonriendo para sí. Yo sigo el consejo de Aristófanes, se dijo: «Que cada uno practique el oficio que conozca».

Luego se puso a escribir de nuevo. En el instante en que concluía el artículo con su rúbrica «Hasta la próxima», llamaron a la puerta.

—Vienes demasiado pronto —rezongó Deodonatus enrollando apresuradamente las hojas y atándolas con un cordel. Las introdujo por la ranura de la puerta, junto con un penique, y escuchó al chico desaparecer correteando. Después se acercó a la ventana y miró la calle, abstraído, espantando de un manotazo a una mosca que zumbaba alrededor de su cabeza. ¿Cómo lograba sobrevivir ese bicho con el frío que hacía? ¿Saldría aquella noche? Quizá no. Estaba cansado. Cogió un sobado volumen de la repisa de la chimenea y buscó su relato preferido en él. En cuanto empezó la segunda página, se le cerraron los ojos de sueño. El libro se le escurrió de las manos y cayó abierto al suelo, mostrando a la luz del parpadeante fuego la imagen de un sapo verde y brillante con gemas por ojos.

17

La cena de última hora

Mientras Deodonatus roncaba cómodamente junto al fuego, Pin estaba en las frías calles preguntándose cuándo llegarían a la pensión. Beag estuvo hablando extasiado de ella todo el rato, y cuando el trío entró por fin en la calle del Portón de los Chipirones, donde se encontraba la «Pensión de la señora Hoadswood, la mejor de la ciudad», Pin se llevó un chasco al descubrir que la casa se parecía mucho a las demás de la vecindad y que también estaba en muy malas condiciones.

Pero una vez dentro tuvo una grata sorpresa. El lugar olía a fresco y seco, y se animó más aún al bajar las escaleras y aspirar un delicioso aroma que le subió por la nariz haciéndole relamerse. La escalera llevaba a una espaciosa cocina con un suelo de piedra gris y una chimenea enorme adosada en la pared de enfrente. En medio se alzaba una mesa larga y sólida con bancos de la misma longitud a ambos lados y una silla tallada de forma más elabora-da a cada extremo. De pie, junto al fuego, una mujer removía el guiso de una gran cazuela. Levantó la vista al oírlos entrar.

—Buenas noches, caballeros —dijo—. Llegan justo a tiempo para la cena de última hora.

No era una mujer hermosa, pensó Pin, no de la forma en que su madre lo había sido, y estaba tan rellenita que parecía que se le fuera a reventar el corsé. Tenía la cara redonda, las mejillas coloradas y las grandes manos llenas de sabañones, pero al sonreír irradiaba tanta calidez que casi podía palparse.

Mientras Pin la miraba, la señora Hoadwsood también lo observó a él. En un instante vio con sus ojos de lince la camisa desgastada y el abrigo raído que llevaba, sus delgadas piernas, los tobillos asomando por los pantalones (se le habían quedado pequeños hacía mucho) y las botas con los tacones gastados. Supo al instante que era un chico que tenía que arreglárselas solo. Frunció el ceño preocupada.

—Pin, te presento a la señora Hoadswood —dijo Beag.

—Bienvenido, Pin —le saludó ella alzando la cazuela del fuego y dejándola sobre la mesa.

Se apresuró a acompañarle al banco para que tomara asiento y, tras sacar de un plato varios huesos y migajas, se lo puso ante él.

—Sírvete tú mismo —dijo sonriendo la posadera—. Nadie se puede levantar de la mesa hasta habérselo comido todo.

—Lo haré gustoso —exclamó Pin sirviéndose con el cucharón el espeso guiso.

Aluph le pasó la cerveza desde el extremo de la mesa y Pin, tras llenarse la jarra de madera, la sostuvo en alto.

—Muchas gracias —dijo mirando a Beag y tomó un buen trago.

Justo cuando iba a llevarse a la boca la primera cucharada de guiso lleno de carne un hombre mayor entró en la cocina y se sentó en silencio en la silla tallada. Pin apenas levantó la vista, la deliciosa comida le atraía más, pero a la joven que llegó con él sí que se la quedó mirando. Ella hizo como si no le conociera, aunque de algún modo, después del día que había tenido, a Pin no le sorprendió descubrirse contemplando los ojos negros de Juno Pantagus.

Charlaron mientras cenaban, aunque los temas de conversación eran más bien limitados: sobre todo del tiempo (Aluph afirmó que hacía tanto frío que incluso el Foedus discurría más lento) y del Asesino de la Manzana Plateada (Beag conocía la última noticia sobre el cuerpo encontrado en el río: «lo escupió como si no le hubiera gustado su sabor», afirmó con su inimitable estilo). Pin apenas abrió la boca durante la cena y comió hasta reventar. De vez en cuando sorprendía a Juno mirándole fijamente. Al presentarles, ella se había limitado a esbozar una sonrisa. Cuando vio que la chica no le estaba mirando, la observó durante un rato. Tenía una melena negra y rizada que le caía sobre los hombros. Sus ojos eran tan oscuros como el agua profunda y su piel tan blanca que cuando tomó un sorbo de vino Pin creyó que vería el líquido escarlata deslizándose por su garganta. El señor Pantagus, sentado junto a ella, que no lucía ni bigote ni barba, tenía un aspecto cansado y frágil, pero la animada conversación de la joven parecía refrescarle.

La charla empezó a girar inevitablemente en torno a Pin, y él tuvo que contar a su pesar su atribulada historia. Cómo se había tenido que ir de la pensión (todo el mundo conocía la fama del señor Gumbroot y sus compañeros se pusieron de su lado), su trabajo con el señor Gaufridus (todos estaban ansiosos por oír más detalles sobre tirar de los dedos gordos de los pies y de la lengua y sobre otras prácticas similares) y de su tarea de velador de difuntos.

—¿Te ha ocurrido alguna vez que alguno reviviera? —preguntó Beag—. Después de todo, por eso los velas.

—Pues no he tenido nunca esa experiencia —repuso Pin midiendo sus palabras, intuyendo que Juno le estaba mirando fijamente.

—Qué bien se expresa, señorito Pin —observó el señor Pantagus pensativo, hablando por primera vez.

—Si hablo bien, es por culpa de mi madre —admitió el chico en voz baja—. Ella venía de una buena familia, los Merdegrave. Me enseñó muchas cosas, a leer y a escribir, a tener en cuenta a los demás, a usar el tenedor y el cuchillo.

—¿Cómo te apellidas? —le preguntó la señora Hoadswood.

Pin vaciló. No podía eludir la pregunta, les habría parecido extraño, pero no quería que lo echaran de la pensión antes de poder siquiera dormir aquella noche en ella.

—Carpue, ¿no es verdad? —terció Beag—. Eso es lo que me dijiste en el puente.

—¿Carpue? —repitió el señor Pantagus asombrado.

Pin se sentía fatal. Sabía cuál sería la siguiente pregunta que le harían. Aluph fue quien se la formuló.

—¿Conoces a Oscar Carpue, el tipo que…?

—Sí, es mi padre, pero no lo he visto desde…

—¿Y tu madre dónde está? —le interrumpió la señora Hoadswood al ver lo incómodo que se sentía.

—Ella murió, ahora hará un año.

—En ese caso, necesitarás una habitación —sugirió con firmeza—. En el alero tengo una pequeña que está vacía, si te va bien.

Pin se puso tan contento que casi se quedó sin habla. ¡Qué suerte la suya!

—¡Claro que me va bien! —exclamó agradecido.

—Trato hecho —convino la posadera alegremente—. Y ahora, basta de hablar y vamos a comer y a divertirnos. Beag, ¿tienes esta noche alguna canción o historia para nosotros?

Al enano se le iluminó la cara. Apartó el plato y la jarra y saltó a la mesa.

—¡Claro que la tengo! —asintió con una enorme sonrisa.

18

Beag cuenta una historia

Cuando era joven, sólo un poco más bajito que ahora, vivía en un pueblo al pie del Espinazo del Diablo, una montaña escarpada y árida. El pueblo estaba en un lugar protegido, con la montaña a nuestra espalda y el mar frente a nosotros. En el verano, a primera hora de la mañana, veía los rosados dedos del alba transformar el agua en un color rosa brillante. En otoño, las algodonosas nubes estaban tan bajas que a veces hacían desaparecer casi media montaña. En invierno, el mar era de color gris piedra y el Espinazo del Diablo quedaba blanco al cubrirse con un manto de nieve. Con la llegada de la primavera y el deshielo, el caudal de los ríos aumentaba y por todas partes se escuchaba el sonido de la tierra cobrando vida. Cuando ahora pienso en ello, juro que se me llenan los ojos de lágrimas.

A medida que yo crecía, aunque no me volviera más alto, empezó a correr el rumor de que no era hijo de mi madre, sino un niño que los duendecillos de la montaña habían puesto en lugar del que habían robado. A los aldeanos esta noticia les inquietó y querían tener una prueba de si yo era o no esta clase de niño.

—Debes ir a la *Cathaoir Frasa* —dijeron.

En la estrecha cresta del Espinazo del Diablo se alzaba el viejo tronco de un árbol. Era un roble que un rayo había partido hacía muchos años y todo cuanto quedaba de él era el tocón carbonizado. Y lo más extraño era la forma que había adquirido al quemarse, porque ahora parecía un trono con dos brazos, cuatro sólidas patas y un alto respaldo. Y a este trono de madera lo llamaban *Cathaoir Feasa,* la Silla del Conocimiento. Se creía que si alguien conseguía estar sentado toda la noche, desde el atardecer hasta el amanecer, en la *Cathaoir Feasa,* y bajar la montaña por sus propios medios, esa persona debía ser sin duda hijo de los duendecillos y estaría bendecido con el don de la poesía y con unas ganas locas de viajar.

Mis padres me advirtieron de los peligros que correría. El último en sentarse en la *Cathaoir Feasa* había vuelto a la aldea sin saber ni lo que decía. No fue poesía lo que le transmitió, sino locura, y el único lugar al que viajó en toda su vida fue al manicomio. Reconozco que no las tenía todas conmigo, pero sentía una gran curiosidad por ver lo que me ocurriría. Por eso, una tarde de otoño, al cumplir diez años, me despedí de los aldeanos y me dirigí al Espinazo del Diablo.

El cielo estaba radiante y los árboles perdían ya las hojas al acortarse el día. Hacía bastante fresco, pero subí la montaña con buen humor. A medio camino el paisaje empezó a cambiar. Era como si el invierno ya hubiera llegado. Los pocos árboles que crecían en el lugar extendían las ramas desnudas al cielo y el paisaje era cada vez más pedregoso y pelado. El cielo se encapotó, amenazando con llover, y empezó a soplar el viento. El mar, azul al abandonar la aldea, era ahora casi negro y estaba salpicado de cabeceantes crestas de espuma blanca. Al ponerse el sol mi confianza mermó.

Llegué a la cima del Espinazo del Diablo cuando el último rayo de luz desaparecía en el horizonte, el límite del mundo que yo conocía. ¡Qué cumbre más inhóspita! No medía más de cinco zancadas de ancho y en medio se alzaba la *Cathaoir Feasa*. Creí que iba a ver al propio diablo sentado en ella, pues sólo él merecía acomodarse en un trono tan negro y carbonizado. Me dirigí al trono despacio y me senté esperando tener suerte.

¡Y debo confesar que fue la noche más espantosa de mi vida, y espero no volver a vivir nunca otra igual!

La naturaleza trató a toda costa de hacerme desistir de mi intento. La temperatura bajó y el frío me mordisqueó los dedos gordos de los pies y las mejillas con sus afilados dientes. El viento aulló alrededor de mis oídos susurrándome unos pensamientos tan espantosos que enloquecerían a cualquiera. Me puse a temblar violentamente y me agarré a los brazos de la silla luchando por salvar la vida. Las ráfagas de viento eran tan fuertes que temí que me arrastraran y me arrojaran al abismo. De pronto una espesa niebla se encaramó por la ladera y me rodeó hasta envolverme por completo. Después se puso a llover a cántaros y me quedé empapado.

No tenía ni idea de la hora que era. Al cabo de una hora, o de cuatro quizá, el viento amainó y la lluvia se transformó en llovizna. Creí que lo peor ya había pasado. Pero entonces fue cuando empezaron los ruidos. Los alaridos y chasquidos, los ladridos y aullidos. Oí a mi alrededor unos fuertes crujidos, como si fueran los pasos de una criatura gigantesca. Y también sentí cosas, sin duda eran esos duendecillos acariciándome la cara y pegándome sus fríos labios a los oídos. Empecé a creer que estaba a punto de perder la razón. Juro por el taburete de tres patas del gran Bardo Porick O'Lally que sentí unas manos agarrándome de la ropa y tirando de mí, intentando sacarme de la silla. Lo último que recuerdo de aquella noche es ver al demonio ante mí con sus pezuñas hendidas iluminado por un rayo en zigzag.

Me desperté con la melodía más dulce del mundo. Los cantos de los pájaros. Y aquellos benditos cantos llegaron acompañados de un rayo de luz. El sol estaba saliendo tras la oscuridad que envolvía el mar. Percibí, aunque no lo viera, a los duendecillos de la cresta huyendo de la proximidad del alba y me sentí embargado por un inmenso júbilo y luego por un profundo agotamiento.

Cuando por fin llegué a la aldea, un grupo de gente me esperaba para darme la bienvenida. Yo ofrecía un aspecto de lo más lastimoso, iba empapado y despeinado, con la ropa hecha jirones. El viento me había arrebatado los zapatos y estaba cubierto de magulladuras por los azotes que había estado recibiendo toda la noche.

Los aldeanos se acercaron corriendo para verme.

—¡Lo ha conseguido! ¡Lo ha conseguido! —gritaron.

—¡Pero a qué precio! —exclamó mi madre llevándome medio muerto a casa, y una vez allí me acostó y me trajo a la cama un plato de caldo con albóndigas. La fiebre me sumió en un agitado sueño. Durante tres días y tres noches estuve murmurando cosas en una lengua que nadie entendía. Cuando desperté al cuarto día, me descubrí rodeado de mis padres, mis hermanos y hermanas, y de media aldea mirándome.

—¿Y bien? —preguntó mi padre con las manos tan apretadas por la ansiedad que tenía los nudillos blancos—. ¿Qué tienes que contarnos?

—Palabras, palabras extranjeras —salió de mis labios agrietados—. *Neel ain tintawn mar duh hintawn fain.*

—¡Ha adquirido el conocimiento! ¡Ha adquirido el conocimiento! —gritó la gente dándole a mi padre palmaditas en la espalda.

Al ser el hijo de un duendecillo —lo cual se había demostrado sin lugar a dudas— ya no podía quedarme en la aldea. Se esperaba de mí que me fuera a ver mundo y a buscar fortuna. Por eso me encuentro hoy entre vosotros. Y aunque lance patatas para ganarme la vida, en mi corazón siempre sabré que yo, Beag Hickory, sobreviví una noche entera en la *Cathaoir Feasa* y que la poesía fue mi recompensa.

Beag hizo una reverencia y sonrió a su público, y todos le aplaudieron con entusiasmo. Aluph Buncombe incluso se levantó y le vitoreó.

—¡Bravo! ¡Bravo! —gritó—. Una historia maravillosa, Beag. Estoy seguro de que, si hay alguien capaz de sobrevivir una noche en esa terrible montaña, esa persona eres tú.

—¿Por qué no nos cantas una de esas canciones de las que siempre nos estás hablando? —sugirió la señora Hoadswood, y a Beag se le iluminó la cara. Se puso a cantar y al terminar la canción empezó otra (¡qué repertorio más extenso tenía!) y el señor Pantagus y Aluph, y de vez en cuando la señora Hoadswood, cantaron con ganas con él. Pin, sin embargo, intentaba contener sus bostezos, se estaba cayendo de sueño.

—Ven conmigo —dijo Juno dándole unos golpecitos con el dedo en el hombro.

El chico vaciló, pero se levantó del banco y subió las escaleras tras ella. En el pasillo de la planta de arriba, lejos del fuego, el aire era frío y se espabiló de golpe.

—¿Adónde me llevas? —preguntó.

—La señora Hoadswood me ha dicho que te enseñe tu habitación —repuso ella hablándole por encima del hombro ya en la mitad del pasillo.

—¡Espérame! —le gritó Pin corriendo para darle alcance.

19

Una noche agitada

Jadeando, Pin siguió a Juno por un sinfín de sinuosos tramos de escaleras, recodos y pasillos. La pensión de la señora Hoadswood era como un laberinto, y Pin, desorientado, ya no sabía si iba hacia el norte, el sur, el este o el oeste. Por fin su silenciosa guía abrió la puerta que daba a un último tramo de escaleras. Llevaba a una diminuta habitación en el alero, con el techo tan bajo que apenas se podía estar de pie en medio de ella.

—¡Ya hemos llegado! —anunció Juno sonriendo y entregándole una vela.

Pin la sostuvo en alto y echó un vistazo a la habitación con una curiosidad que se transformó al instante en satisfacción. No se podía negar que era muy pequeña, pero, por esta misma razón, el reluciente fuego que ardía en la chimenea la calentaba fácilmente. En el tejado había un tragaluz, aunque estaba cubierto de nieve helada. El suelo era de tablas anchas de madera procedente de un roble viejo. La cama baja de madera, equipada con mantas de lana y una gruesa almohada, ocupaba gran parte de la habitación. A los pies de la cama había un arcón y sobre él una palangana con una jarra blanca llena de agua.

—¿Qué te parece?

—¡Fenomenal! —exclamó Pin entusiasmado—. Es mucho mejor de lo que esperaba. Pero... ¿cuánto cuesta? —añadió nerviosamente.

—Un chelín a la semana —repuso Juno.

Por la habitación de Barton pagaba cuatro.

—En la cama hay una camisa de dormir y en el arcón encontrarás ropa usada si la necesitas.

—Gracias —repuso Pin. Aunque no hubieran hablado de la noche en la *Cella Moribundi*, sentía que había una cierta complicidad entre ellos.

—De nada —respondió ella sonriendo, y se fue de la habitación sin decir nada más.

Pin, agotado, se quitó la ropa, se puso la gruesa camisa de dormir y se encaramó a la cama. Las vigas del techo le quedaban a un palmo de la cara, pero no le importaba. Estaba calentito y con la barriga llena, ¡qué más quería! Se abrazó con fuerza y se felicitó por su buena suerte. Todas aquellas semanas en la pensión de Barton con los ratones y las ratas, el ruido y la suciedad habían quedado atrás. Se acordó de algo que su madre solía decirle: «El sufrimiento endulza la recompensa». Se alegraría de ver lo bien que le iban las cosas.

Se cubrió con la manta, y al sentir su aspereza bajo la barbilla, se convenció de que lo que le estaba ocurriendo era real. Oyó un crujido de pasos en el suelo de madera del piso de abajo y supuso que los demás también se habían ido a acostar. Dejó vagar su mente y pensó en Sybil y el señor Pantagus, y en Madame de Bona y, por supuesto, en Juno. Quizá podrían ser amigos, pensó, y decidió hablar con ella como Dios manda por la mañana. Entonces se le cerraron los ojos, la respiración se hizo más lenta y se quedó dormido.

En la habitación del piso de abajo Juno también estaba en la cama, pero sin poder dormir. Le intrigaba y preocupaba que el chico de extraños ojos hubiera vuelto a aparecer en su vida cuando ella menos se lo esperaba. Después de la noche con Sybil y del espectáculo en el Dedo Ligero, no había creído que sus caminos se volvieran a cruzar. *Sin duda me ha reconocido,* pensó mientras se daba la vuelta en la cama. *Durante la cena cada vez que yo levantaba la vista, descubría que me estaba mirando.*

Juno sabía lo de Oscar Carpue, ¡todo el mundo se había enterado! Pero también sabía que la señora Hoadswood no era la clase de mujer que juzgaba a una persona por las acciones de otra, tanto si eran de la misma familia como si no. Ella sería la primera en decir que el único crimen que habían cometido muchos de los que estaban en la cárcel de Irongate era ser pobres.

¡Qué camarilla más extraña somos!, pensó Juno. Beag y Aluph, Benedito y yo, y ahora el ayudante de un enterrador con el turbio pasado de un asesinato, que, por lo que dice, no es verdad que lo cometiera su padre… Y siguió cavilando, y el tiempo pasaba sin que pudiera pegar ojo. Sabía lo que la ayudaría a conciliar el sueño. Se quedó en la cama durante unos minutos, sin acabar de decidirse, pensando en lo que Benedito le había dicho antes, pero al final se levantó y sacó el maletín de debajo la cama. Ya pensaría otro día en ello.

Pin no estaba seguro de qué lo había despertado de pronto. Pensó que quizá había sido un pájaro que se posó en el tejado y se quedó en la cama con el corazón latiéndole como un martillo perforador. La oscuridad era casi absoluta, salvo por el minúsculo resplandor de las brasas. ¿Dónde estaba?

En la pensión de la señora Hoadwood, recordó con alegría. Se acurrucó en la cama y cerró los ojos, tapándose hasta las orejas con la manta. ¡Quería seguir con lo que estaba soñando! Pero de pronto olfateó algo en el aire, una peculiar dulzura penetrando sigilosamente en la habitación.

Se enderezó apoyándose sobre el codo y aspiró aquel aroma. Se levantó en silencio de la cama, encendió la vela con las brasas y, dejándose guiar por la nariz, fue siguiendo el aroma por la habitación y bajó las escaleras. Al llegar al pasillo del piso de abajo vio de dónde venía: por debajo de la puerta que había frente a él salía un humo blanquecino. Pin se quedó plantado junto a la puerta con la nariz pegada a la madera. Era un aroma irresistible, y sin pensar apenas lo que hacía, agarró el pomo, pero antes de darle tiempo a girarlo, la puerta se abrió y se encontró cara a cara con un demonio necrófago tan blanco como la cera.

—¡Diablos! —exclamó pegando un salto hacia atrás—. ¡Casi me matas del susto! Te he tomado por un espectro.

Juno echándose a reír, tiró de él para que entrara y cerró luego la puerta.

—¡Creía que con el trabajo que haces ya habrías visto tantos espectros que te daría igual!

Pin se sonrojó. Echó un vistazo a la habitación. Estaba amueblada parcamente, más o menos como la suya, pero era más grande.

—Lo siento. He seguido el aroma…

—¡Ah, mi pequeño secreto!

Juno se dirigió al fuego, apartó el quemador de él y lo cubrió con una tapa. Luego se arrodilló en el suelo y acercó las manos a las llamas para calentarse.

—Ven.

El chico se sentó a su lado.

—¿Qué era lo que estabas quemando?

—Hierbas —repuso ella. Tenía el rostro encendido y los ojos brillantes, pero Pin no estaba seguro de si era por el calor.

Juno alargó el brazo y sacó el maletín de debajo la cama.

—Tengo distintas hierbas para cada ocasión —observó abriéndolo y mostrándole los frascos y paquetes que contenía—. Esto es heliotropo para la buena suerte, semillas de alcaravea para mantenerte sano, comino para relajarte —dijo señalando las hierbas con el dedo—. Y esto es canela y anís…

—Para hacer invocaciones —dijo Pin sonriendo, y Juno le devolvió la sonrisa.

—Y esta noche —prosiguió ella— estaba quemando jazmín y lavanda con una gotita de aceite de bergamota para que me ayudara a dormir.

—Es tu mala conciencia por lo que me hiciste lo que te impide pegar ojo —le soltó Pin echándose a reír.

Juno parecía sentirse culpable.

—¿Te refieres a la noche con Sybil y el señor Belding? Lo siento, pero tuve que dormirte con aquella droga, no podíamos permitir que interfirieras en nuestros planes.

—Es lo más extraño que he visto en toda mi vida. Un muerto volviendo a la vida de esa forma —dijo él.

—Así que estabas despierto.

—Sólo lo justo. No estoy seguro de no haberlo soñado.

—¿No crees lo que viste?

—Sé lo que vi, pero también sé que no puede ser real —admitió Pin.

—¿Y qué me dices de Madame de Bona?

El muchacho se echó a reír.

—Eso sí fue un buen truco.

—¡Pero si le hiciste una pregunta y todo! ¿No te gustó la respuesta?

—¡Sí, acertó! Pero creo que mi padre no está en la ciudad. Lo he estado buscando durante semanas.

—¡Madame de Bona no miente!

Pin la escrutó con la mirada. ¿Estaba Juno bromeando? No podía saberlo.

—Debí haberle preguntado quién mató a mi tío. Su respuesta me habría resuelto muchos problemas. Me pregunto qué es lo que Madame de Bona me habría dicho.

Juno sonrió.

—Estoy segura de que la respuesta te habría satisfecho, fuera la que fuera —afirmó, y luego bostezó y se estiró—. Este lugar te gustará. Estás en buena compañía. Y cuando me haya ido, puedes quedarte con mi habitación. Es más grande —añadió.

—¿Te vas a ir?

—Sí, de aquí a una o dos semanas. Benedito se queda, la señora Hoadswood insistió en ello, pero yo quiero irme de la ciudad.

—¡Y yo también! —exclamó Pin con ganas—. Aquí ya no hay nada para mí.

—¡A mí me pasa lo mismo! —concluyó Juno, volviendo a bostezar. Pin entonces se levantó y se dirigió hacia la puerta. Aspiró ligeramente el aroma en el aire y observó a la chica guardando las hierbas. Se sorprendió al ver que le había afectado saber que ella no se quedaría mucho más tiempo en la ciudad. Juno vio que la estaba mirando y le sonrió.

—¿Sabes que tenemos algo más en común? —observó ella.

—¿Ah, sí?

—Los dos estamos buscando a alguien.

—Yo busco a mi padre. ¿Y tú a quién buscas? —preguntó Pin.

—Al hombre que mató al mío.

20

Diario de Pin

Ya ha transcurrido una semana desde que conocí a Beas y a Aluph —el señor Buncombe ya me permite que le llame así— y estoy convencido de que han sido las siete noches más maravillosas de toda mi vida. Desde que mi madre murió no recuerdo haberme sentido tan satisfecho ni contento. Después de su muerte, mi padre se vino abajo y no volvió a ser nunca más el mismo. En cuanto al tío Fabian, ojalá hubiera sabido lo que ocurrió aquella terrible noche. ¡Cuando pienso en él me hierve la sangre! ¿Es posible que papá se enfureciera tanto que perdiera el control y lo cogiera por su esquelético cuello?

Pero como no me hace ningún bien cavilar en estas cosas, por ahora prefiero pensar en mis nuevos amigos, me han recibido tan bien que ya los considero como tales. Juno ha demostrado ser una compañera fascinante y hemos pasado muchas horas juntos hablando de todo hasta altas horas de la noche. Es una chica que sabe mucho sobre la generosidad de la naturaleza y me he acabado aficionando a sus prácticas aromáticas —van de maravilla para dormir a pierna suelta– y a su propio aroma, huele a enebro. Aunque Juno sea seria por naturaleza, es muy ingeniosa y creo que cada vez estamos más unidos.

El señor Pantagus sigue siendo muy reservado, parece estar delicado de salud, pero Beag es un tipo increíble, un animador de primera. La mayoría de las noches, después de cenar –a la hora en que tenemos una cita con la magnífica selección de pasteles y de cerveza de la señora Hoadswood–, le pedimos que nos cante o nos cuente una historia. La pasada noche Beag nos ofreció una versión buenísima de su propia cosecha de «El asno del viejo Mackey Donnelly». La cantó con la melodía de «El alocado trotamundos de Bally Hooley» y nosotros nos pusimos a cantarla con él. La letra dice más o menos:

El viejo Mackey Donnelly
llevó el asno al abrevadero,
pero el descarado animal se giró
y le mordió en el...

Entonces el coro canta:

... tan cierto como que las rosas florecen en primavera
y la noche se transforma en día,
¡yo volveré al Bally Hooley para la
siega del heno un gran día!

La canción tiene muchas estrofas —estoy seguro de que Beag se las inventa mientras la canta—, pero es la forma más divertida de matar el tiempo y hace que me olvide por un rato de mis problemas.

Cada vez admiro más a Aluph Buncombe. Me encanta observarlo en la mesa, come con una silenciosa delicadeza que contrasta por completo con los modales de los demás, me recuerda a mi madre. Ella siempre fue muy estricta con las buenas maneras y Aluph hace que me avergüence al recordar que yo antes me comportaba como él en la mesa. No sólo habla de una forma exquisita, sino que además viste muchísimo mejor que el resto de nosotros. Siguiendo la moda del otro lado del río, cada día luce en el cuello un distinto encaje que sujeta con un broche adornado con una piedra a juego. Hoy era un rubí. No estoy seguro de si era auténtico, pero le quedaba muy bonito. También lleva los puños de las camisas adornados con encajes y un chaleco hecho a medida con bordados dorados. Supongo que se pone el monóculo por pura afectación, porque pasa más tiempo quitándoselo que llevándolo puesto. Aluph y Beag, a pesar de lo distintos que son, son los mejores amigos que hay. Les une su convicción de estar destinados a hacer grandes cosas en la vida.

Esta noche no hemos cantado, pero durante la cena hemos conversado de temas muy variados e interesantes. Aluph se dio cuenta de que yo estaba admirando su atuendo y lo reconoció con su estudiada sonrisa, y cuando digo «estudiada», es en el sentido literal de la palabra, porque cada día lo veo sonriendo delante del espejo del vestíbulo.

—Aluph no es como el resto de nosotros —observó la señora Hoadswood—. A veces pienso que somos muy afortunados de poder comer con él.

—Querida señora Hoadswood, ¡es lo más bonito que me han dicho en toda mi vida! —afirmó Aluph iluminando la cocina con su deslumbrante sonrisa—. En mi profesión es vital ir bien vestido —añadió dirigiéndose a mí.

—¿A qué se dedica, señor Buncombe? —pregunté con un verdadero interés, sabía que no tenía un horario fijo, pero ignoraba en qué trabajaba.

—Querido muchacho, no es fácil de explicar —aseguró dándose importancia.

—Lee los bultos —terció Beag secamente.

Aluph sacudió la cabeza.

—Esto no es del todo cierto, Beag, esperaba más de ti, una persona que afirma ser tan culta.

—¿Bultos? —pregunté intrigado.

—Los bultos en la cabeza, quiero decir las protuberancias —puntualizó Aluph corrigiéndose a sí mismo—. Leo las protuberancias que tiene la gente en la cabeza.

No vi qué diferencia había entre bultos y protuberancias, pero por cortesía no se lo pregunté.

—¿Y por qué razón? —dije.

Aluph se levantó de la mesa y rodeándola se colocó detrás de mí.

—Por muchas —repuso.

—Pero sobre todo por dinero —terció la señora Hoadswood echándose a reír.

—Los bobos se desprenden fácilmente de su dinero —murmuró Beag.

Aluph pareció no haberse enterado de los comentarios y echó una mirada crítica a mi cabeza.

—Analizando la forma y la textura particular de la cabeza de alguien puedo decirle el carácter que tiene —declaró lleno de seguridad—. Es una práctica filosófica y científica conocida como topografía craneal. Y también veo el potencial de esa persona. Tú sabes lo que eres ahora, pero ¿sabes quién puedes llegar a ser?

—Si estás como una cabra, siempre vas a estarlo —observó Beag.

El señor Pantagus habló de pronto desde el extremo de la mesa sin dirigirse a nadie en particular.

—Aunque yo sepa muy poco sobre la ciencia de leer las protuberancias de la cabeza siendo mi especialidad otra muy distinta —dijo gentilmente mientras Aluph hacía una mueca—, admiro la dedicación a toda prueba del señor Buncombe a ella. Independientemente de lo que yo piense sobre el tema, hay un montón de gente en esta ciudad muriéndose de ganas de que les lean la cabeza.

Le deseo buena suerte y espero que le guste a la gente lo que les dice.

—Le aseguro, querido Benedito, que mis clientes siempre se quedan satisfechos —afirmó Aluph.

—Y también los míos —repuso el señor Pantagus riendo con los ojos.

Aluph volvió a girarse hacia mí. Cuando vio el estado de mi pelo hizo una ligera mueca —ahora comprendo que esté acostumbrado a unos cabellos más arreglados—, pero sin inmutarse separó los dedos, hundió la mano entre mis anudados mechones y me pasó lentamente las yemas de los dedos por la frente, la coronilla, sobre las orejas y por la nuca en silencio, salvo por los ¡oh!, ¡ajá! o ¡mmm! que soltaba de vez en cuando.

—¿Qué ha descubierto? —pregunté incapaz de contenerme más.

Aluph se limpió las manos a conciencia en un pañuelo verde ribeteado con una puntilla que llevaba en el bolsillo del chaleco.

—Bueno, tu cabeza es dolicocéfala —dijo por fin—. Es decir, más larga que ancha.

Me pregunté si esto sería bueno o malo.

—De ello deduzco —prosiguió Aluph dándome con firmeza unos golpecitos con el dedo en la sien izquierda— que eres un chico con una gran inteligencia y veo que te gustan las cosas elevadas de la vida.

—¿Y qué más ha descubierto? —pregunté.

Aluph sonrió benévolamente.

—Me temo que no puedo decirte nada más gratis —dijo mirándome expectante. Me pareció que esperaba que le diera una o dos monedas, pero pronto se quitó esta absurda idea de la cabeza.

—¡Qué profundo! —observó Beag sonriendo burlonamente.

—Señor Hickory, como lanzador de patatas —replicó Aluph con un control encomiable enfatizando la palabra «patatas»—, no creo que pueda contribuir demasiado a esta conversación.

Beag no estaba dispuesto a tolerar que se metieran con su talento como lanzador de patatas. Se puso en pie furioso levantando los puños.

—Buncombe, si no contiene la lengua, le haré un «bulto» nuevo en la crisma que le durará seis meses —gritó dando un puñetazo en el aire desde el otro lado de la mesa. Aluph se echó rápidamente atrás para esquivarlo.

—¡Por favor, caballeros! —intervino la señora Hoadswood con severidad al tiempo que se levantaba de la silla echando chispas por los ojos. Beag volvió a sentarse rezongando y Aluph se arregló los puños de la camisa. Entonces el señor Pantagus hizo una pregunta que todos tenían en la punta de la lengua desde hacía días. Yo ya intuía cuál era.

—Pin, ¿qué sabes del asesinato de Fabian Merdegrave?

Así que les conté todo cuanto sabía.

21

Un relato y un trato

—El asesinato de mi tío Fabian se remonta al pasado. Cuando mi madre dijo que deseaba casarse con un sureño, provocó un conflicto y una escisión en la familia Merdegrave. Mi abuelo dijo que no quería volver a verla nunca más y la desheredó. Mi abuela no se opuso violentamente a la boda, pero no quiso ir en contra de los deseos de su esposo. Cuando la abuela aún vivía, mi madre me llevaba en secreto a verla. Ella nos daba dinero, pequeños regalos y joyas que habían pertenecido a mi madre sin que nadie se enterara. Mi madre siempre esperaba que un día su padre transigiera y que aquel distanciamiento se acabara.

»A pesar de ello éramos felices. Mi padre, un experto carpintero, me enseñó todo cuanto sabía del oficio y mi madre cocinaba y vendía los productos que elaboraba en el mercado. Por la noche me enseñaba a leer y escribir porque quería que llegara a ser alguien en la vida. Mis estudios, y mi pasión por ellos, me apartaban de los otros niños de la calle, pero cuando yo me quejaba, mi madre me decía que podía elegir entre labrarme mi propio futuro o seguir la corriente. Su mayor deseo era que yo triunfara en la vida y sé que no quería que me quedara en la ciudad. A veces me contaba historias sobre su infancia al otro lado

130

del río, de la hermosa casa en la que vivía con tantas habitaciones que no podía ni contarlas, de los sirvientes que se ocupaban de satisfacer todas sus necesidades y de sus maravillosos juguetes. Me preguntaba por qué se había ido entonces de su casa, pero ella me decía que en la vida había más cosas aparte de los bienes materiales. Que a veces las cosas más valiosas no podía tocarlas una mano humana. En aquel tiempo yo no entendía a qué se refería, pero ahora creo empezar a comprenderlo.

»El problema comenzó cuando Fabian, el hermano de mi madre, descubrió nuestras visitas secretas. Era un bebedor y un jugador empedernido que apostaba en el Dedo Ligero. Siempre se metía en problemas, debía dinero a toda clase de gente. Cuando Jeremiah Ratchet, un forastero muy rico, contrató a varios tipos violentos para que recuperaran lo que mi tío le debía, a mi abuelo se le acabó la paciencia y se negó a darle más dinero a su hijo. Así que mi tío vino a pedírnoslo a nosotros y nos amenazó con contarle a mi abuelo nuestros encuentros secretos si no se lo dábamos. Si el abuelo se enteraba, mi abuela saldría muy mal parada, por eso mi padre le dio a Fabian todo el dinero que pudo, tal como mi madre le pidió, pero no las joyas, que escondió.

»Cuando mi abuela murió creímos que Fabian dejaría de molestarnos. Nos mudamos a una pensión más barata y durante mucho tiempo no vimos más a mi tío. Creímos que íbamos a vivir en paz de nuevo, pero al cabo de poco mi madre enfermó y tuvo que dejar de trabajar. Mi padre vendió todas las joyas para pagar las curas, pero no sirvió de nada. Al morir mi madre, él se sumió en una terrible melancolía, y perdió las ganas de vivir y de trabajar. Intenté lo mejor que supe hacer los encargos de sus clientes, pero mi destreza como carpintero no estaba aún a la altura de la de mi padre y cada vez fuimos teniendo menos encargos y más deudas.

»No hace mucho, antes de que lo asesinaran, Fabian descubrió dónde vivíamos y vino a pedirnos dinero de nuevo. Mi padre se enfureció y lo echó de casa, pero mi tío volvió cuando él no estaba y me preguntó por las joyas de mamá. Yo le conté la verdad, que habíamos vendido todas las que teníamos, salvo una, un relicario de plata con una foto dentro, la joya que mi madre llevaba cuando la enterramos para seguir la tradición. Mi tío pareció creerme y me alegré cuando se fue. Creí que nos habíamos librado de él.

»Cuando mi padre se enteró de la visita de Fabian, le dio un ataque de rabia. "¡Qué sinvergüenza! Te ha usado a ti, que no eres más que un niño, para sus codiciosos fines", despotricó poniéndose el abrigo. "¡Sé dónde puedo encontrarlo! Tengo que dar con él antes de que sea demasiado tarde", gritó.

»Yo no entendí a qué se refería y le estuve esperando durante horas antes de decidir salir a buscarlo, pero hacía tanto frío y las calles estaban tan oscuras y eran tan peligrosas por la noche que pronto desistí. Al volver a casa encontré a mi tío muerto en el suelo, estrangulado.

»Desde entonces no he vuelto a ver a mi padre.

»Todo el mundo piensa que él mató a Fabian. A mí me cuesta creer que pudiera cometer semejante crimen, pero si no lo hizo, ¿por qué se fue? Yo creía que iba a volver. Desde entonces no he dejado de buscarlo, pero ahora ya empiezo a dudar…

Pin vio por los rostros de sus amigos que ellos también dudaban de que volviera.

—Al menos ahora tienes un trabajo y un hogar —observó la señora Hoadswood dulcemente—. Quizá deberías dejar atrás el pasado.

—Lo haré —afirmó Pin— si Deodonatus Snoad también lo hace.

Después de cenar Pin fue a la habitación de Juno. Ella le estaba esperando.

—¡Qué historia la tuya! —exclamó la joven mientras se sentaban juntos cerca del fuego inhalando el fragante humo del quemador—. Si en esta ciudad ya es lo suficiente duro sobrevivir, me imagino cómo lo debes haber pasado con todos esos problemas adicionales.

Pin ya lo había superado. No quería hablar más de su pasado. Además tenía una idea que quería sugerirle. Confiaba en su creciente amistad lo suficiente como para creer que al menos Juno la consideraría.

—Tú también te defiendes muy bien con tu tío en la ciudad.

—Es verdad, aunque no será por mucho tiempo.

—¿Ah, no?

Juno se rodeó las rodillas con los brazos y se quedó mirando las llamas.

—La próxima semana dejamos de trabajar en el Dedo Ligero.

No habían vuelto a hablar de sus respectivos planes desde la primera noche en la que Juno le contó que iba a irse de la ciudad para buscar a la persona que había matado a su padre. Pin aprovechó la oportunidad para recordárselo.

—Yo también me quiero ir, ¿sabes? —le confesó, y luego hizo una pausa—. Tal vez…

—¿Tal vez?

—Tal vez podríamos irnos juntos.

—No estoy segura —repuso ella lentamente.

Pin ya sabía que a ella la idea no le entusiasmaría tanto como a él. Después de todo era una chica independiente con muchos recursos que estaba acostumbrada a buscarse la vida sola. A veces pensaba que Juno quería más a sus hierbas que a cualquier otra persona. Pero estas mismas hierbas eran sus aliadas esta noche. Sabía que ella, al encontrarse bajo su influencia, estaría relajada. Había meditado a fondo en ello y estaba seguro de que era una buena idea: todo cuanto debía hacer era convencerla. Aunque Juno se ganara la vida con el mundo «sobrenatural», sabía que también tenía los pies en el suelo, en Urbs Umida no te quedaba más remedio. Pin recurrió al sentido práctico de la muchacha para persuadirla.

—Podría ayudarte con Madame de Bona. Hacer el papel de Benedito.

Juno se echó a reír.

—¿El papel? —repitió juguetonamente—. De la forma que lo has dicho parece que mi tío y yo hagamos teatro. Creo que has olvidado «que los resucitadores no se hacen, sino que nacen con este don». Créeme, sé todo cuanto hay que saber sobre la magia de los huesos.

—Yo aprenderé rápido —insistió Pin. Y entonces recurrió a lo que él consideraba su baza—. Hagamos un trato —le propuso, sabiendo que Juno no podría resistirse a un reto. A ella se le iluminó la cara y lo escuchó muerta de curiosidad. Pin respiró hondo—. Si descubro cómo revivís a Madame de Bona, tendrás que llevarme contigo cuando te vayas de Urbs Umida.

Juno se mordió el labio inferior pensativa.

—Mmmm. No es tan sencillo. Además, no estoy segura de que vaya a llevarme a Madame de Bona.

—Aun así será más seguro viajar juntos.

—Supongo que tienes razón.

—Y más divertido.

—Vale —convino al fin soltando unas risitas y extendiendo la mano—. ¡Trato hecho!

Y de pronto era Pin ahora el que dudaba. ¿Y si no descubría el secreto de la magia de los huesos?

Al conocer a Juno se había dado cuenta de lo solo que se sentía. La perspectiva de que ella se fuera y lo dejara en Urbs Umida no le hacía ninguna gracia. Pero al menos ahora tenía la oportunidad de empezar una nueva vida. Por supuesto también debía tener en cuenta al señor Gaufridus, pero era la clase de persona que le animaría a trabajar por cuenta propia.

—Hay algo que todavía no entiendo —admitió Pin—. ¿Cómo puede ser que reviváis a una chica muerta como Sybil? Una cosa es hacerlo con un esqueleto en un espectáculo, y otra muy distinta con un cadáver…

—Ya viste al señor Belding —repuso Juno—. Él y Sybil tuvieron una terrible pelea. Él la acusó de no amarle y diez minutos más tarde ella moría bajo las ruedas de un carro. Todo cuanto él quería era poder despedirse como Dios manda y eso fue lo que le dimos.

Al menos eso es lo que él cree que le disteis. Pero yo descubriré la verdad, pensó Pin.

Juno sonrió irónicamente.

—Crees realmente que podrás descubrirlo, ¿verdad?

Él asintió con la cabeza.

—Sé que no puede ser real. En mi mundo, en cuanto estás muerto, estás muerto.

—Deberías tener un poco más de fe. A veces es bueno creer en la magia.

—En esta ciudad no hay magia —repuso Pin.

22

Aluph Buncombe

La señora Cynthia Ecclestope estaba sentada, inquieta, en una silla de respaldo alto (tapizada con seda importada de la mejor calidad, con unas estrechas y delicadas patas talladas a mano por artesanos ciegos de la jungla del subcontinente indio), echando miradas una y otra vez al reloj de la repisa de la chimenea. Las manecillas doradas del reloj marcaban las diez y media. Sus amigas, a las que había ofrecido té (una mezcla hecha de encargo) y pasteles (recién hechos por la mañana con los mejores ingredientes y mezclado —sin querer— con el sudor de la frente del cocinero y —queriendo— con la saliva del mayordomo), estaban sentadas en una variedad de sillas colocadas a su alrededor para verla bien y no perderse un detalle. Cotilleaban cubriéndose la boca con la mano. Los temas de conversación eran el Mago de los Huesos, la Bestia Glotona y el Asesino de la Manzana Plateada. El dilema era cómo ir a ver al primero y a la segunda sin caer en las garras del tercero.

Al dar las once, la puerta se abrió y el mayordomo entró acompañado de otro hombre. Tosió nerviosamente para llamar la atención y las damas levantaron la vista.

—El señor Aluph Buncombe, señoras —anunció el mayordomo antes de retirarse con el sutil aire desdeñoso que reservaba para tan elevada compañía. Aluph se quedó plantado unos segundos en la puerta, para que las damas pudieran apreciar la calidad de su atuendo, su abundante pelo negro engominado y su encantadora sonrisa. Las oyó respirar entrecortadamente y esbozó una sonrisa mayor aún, mostrando sus bonitos dientes que no hacía mucho se había limpiado con una ramita. Por suerte, antes de entrar en la habitación se había mirado en el espejo del vestíbulo y sacado el trocito de perejil —lo mascaba para tener el aliento fresco— que le había quedado entre los dientes. Cuando sintió que era el momento oportuno, Aluph entró dando grandes zancadas con una envidiable confianza (una confianza adquirida al practicar este modo de andar durante horas seguidas en su habitación) y se acercó a la anfitriona dando cuatro zancadas, aunque la habitación midiera por lo menos seis metros.

—¡Ah, señora Ecclestope! —exclamó—, qué supremo placer es para mí contemplar su hermoso rostro.

Inclinándose tomó su mano y se la besó, quizá durante un poco más del tiempo indicado, considerando que era una mujer casada, pero esto formaba parte del inestimable encanto de Aluph. La dama soltó una risita y, sonrojándose, se abanicó con ardor, retirando su mano sólo varios segundos después.

—¿Y quiénes son estas encantadoras señoras? —preguntó Aluph sonriendo de una forma que les hizo sentir a cada una de las asistentes que él sólo tenía ojos para ella.

—Son mis queridas amigas —repuso Cynthia y luego se las presentó una a una. Y una a una Aluph besó sus blandas y blancas manos y las contempló sonrojarse.

—Señoras —dijo cuando todo el mundo volvió a tomar asiento—, como ya saben, soy Aluph Buncombe, topógrafo craneal. Con estos dedos —sostuvo en alto sus delicadas manos blancas y los estiró— soy capaz de palpar las más pequeñas protuberancias e irregularidades del cráneo de una persona. Estas depresiones y concavidades constituyen una guía compleja y detallada de cada aspecto de su personalidad, incluso de las partes que prefieren mantener en secreto. Al interpretarlas correctamente revelan cosas de una persona que ni ella misma conocía e incluso pueden mostrarle el futuro.

Las damas dieron un gritito ahogado admiradas y maravilladas por la idea. Todas se toquetearon el cráneo fingiendo arreglarse los rizos o las horquillas. Se preguntaban la profundidad con la que Aluph rastrearía los pequeños —o no tan pequeños— secretos que les estaban viniendo a la cabeza.

—Ahora que ya le he advertido, señora Ecclestope, de las posibles consecuencias de sus acciones —dijo Aluph poniendo la expresión de gravedad y preocupación que usaba en estos casos—, ¿está dispuesta a seguir adelante?

La aludida soltó una risita nerviosa y miró a sus amigas. Ellas sonrieron y asintieron ansiosamente con la cabeza, así que, tras recibir semejante muestra de incondicional apoyo, Cynthia se inclinó un poco hacia delante.

—Señor Buncombe —dijo tocándole ligeramente en el brazo—, como al final de la mañana ya nos conoceremos muy bien, estoy convencida de ello, puede llamarme Cynthia, si lo desea. ¡Y sí, estoy lista!

—Excelente, señora... ¡Ay, lo siento!, Cynthia —respondió él—. En este caso, no perdamos más tiempo. Por favor, relájese y póngase cómoda.

Aluph se dirigió a la mesa donde había dejado el maletín médico y lo abrió. Metió la mano en él y sacó un gran calibrador de metal. Estaba impecablemente bruñido y relució bajo la luz mostrando un aspecto bastante amenazador. En la habitación se escuchó un angustiado «¡oh!»

—Por favor, señoras, cálmense —exclamó levantando la mano—, no se preocupen. Este instrumento, como tantas otras cosas en la vida, ladra, pero no muerde.

Al ver en el confundido rostro de las damas que no habían captado la metáfora, Aluph se apresuró a explicársela.

—Aunque su aspecto sea tan intimidador, no es más que una herramienta para medir la cabeza.

Se colocó detrás de Cynthia, que, sentada con la espada erguida en la silla, tenía los ojos cerrados con firmeza. Se agarraba con tanta fuerza a los brazos de su asiento que los nudillos se le habían puesto blancos. Aluph cogió el calibrador y se lo colocó con cuidado en distintas partes de la cabeza, midiéndosela durante varios minutos desde muchos distintos ángulos simplemente para lucirse: la cima de la cabeza, de la parte posterior hasta la frente, desde la base del mentón a la coronilla, alrededor de las sienes, de oreja a oreja, desde la nunca a la coronilla y desde varios otros puntos. Aluph era un incondicional defensor de la teoría de que tenía que darle a la gente lo que ésta quería. Anotaba minuciosamente cada medición en su libretita y en más de una ocasión la acompañaba con una observación musitada, como un «¡ajá!», o un «¡oh!» y luego un «mmm», o un «¡ya veo!», hasta que el público entraba en un estado de nerviosa excitación.

Una vez tomadas todas las medidas, Aluph guardó el calibrador en el maletín y las damas le ofrecieron una comedida salva de aplausos.

—¿Ya está? —preguntó Cynthia nerviosamente.

—¡Oh, no! —repuso Aluph sonriendo—. No he hecho más que empezar —y estirando los brazos frente a él, hizo crujir los nudillos y después posó sus dedos separados sobre el cráneo de Cynthia. Las damas lo observaron fascinadas mientras él deslizaba parsimoniosamente los dedos terminados en unas uñas perfectas por la cabeza de Cynthia, con la espalda muy derecha, la cabeza inclinada ligeramente hacia atrás y los ojos cerrados. También movía los labios, aunque ningún sonido salía de ellos. Fue muy meticuloso y cubrió cada centímetro cuadrado de la perfumada cabeza de la dama sin alterar en lo más mínimo su peinado preocupantemente alto. Al final Aluph retiró las manos, se apartó un poco de Cynthia y estiró los hombros. A continuación rodeó la silla para poder dirigirse directamente a su encandilado público.

—¡Ya he acabado de examinarla! —exclamó, y todas las damas aplaudieron con entusiasmo esperando muertas de curiosidad sus conclusiones.

Aluph desenrolló una gran lámina de papel y la colgó en la pared que había a su espalda. En ella aparecían cuatro imágenes de distintas partes de una cabeza humana sin pelo: el lado izquierdo, el lado derecho, la parte posterior y la coronilla. Cada parte estaba dividida en varias secciones irregulares y marcada con una letra en mayúscula. Aluph sacó un puntero corto plegable del maletín. Con un elegante movimiento de muñeca lo desplegó y lo fijó emitiendo un ligero clic. Dio tres golpecitos con el puntero en el gráfico señalándolo.

—Esto es un gráfico de las regiones más importantes de la cabeza humana —dijo solemnemente—. Cada área está marcada con una letra del alfabeto y cada letra corresponde a una característica de la personalidad humana. De las medidas que he tomado de la cabeza de Cynthia, combinadas con lo que he palpado en cada área, he sacado bastantes conclusiones interesantes.

Hasta ahora se había dirigido a todas las damas, pero en este punto se giró hacia la aludida mirándola a los ojos.

—Cynthia, ha sido un honor para mí palpar su topografía craneal —observó—. Si yo fuera su esposo, me sentiría muy orgulloso de haberme casado con una mujer de un talento tan increíble.

—¡Ooh, señor Buncombe! —exclamó la dama extasiada sin saber qué decir.

—Esta protuberancia de aquí —prosiguió Aluph señalando la parte superior de detrás de la cabeza marcada con una *T*—, está más desarrollada de lo habitual, al igual que ésta y esa otra de las zonas *P* y *R* —añadió señalando autoritariamente en el gráfico una parte de la cabeza marcada con una letra y después otra. Cynthia intentó seguir el puntero y se puso la mano en la cabeza para palparse el cráneo, consiguiendo que su peinado se desmoronara en parte. Miró a Aluph sorprendida.

—Señor Buncombe, tiene toda la razón, en la zona de la *T* tengo un bultito. ¡Qué extraño que no lo haya notado antes!

—Porque no se la había palpado —observó Aluph simplemente.

—Pero ¿qué significa? —preguntó una voz del público al no poder su propietaria aguantarse más.

—Sí, ¿qué significa? —gritaron las otras a coro.

Al ver el entusiasmo de aquellas mujeres, Aluph dejó escapar una ligera sonrisa. Le gustaba mantenerlas en suspense.

—Pues el área de la *T* está relacionada con el ingenio, y le aseguro, Cynthia, que puede considerarse una dama de lo más ingeniosa, con un gran sentido del humor y el don de mantener conversaciones muy divertidas.

—¡Es tal como usted dice! —asintió la mujer dando un grito ahogado—. Mi querido Arthur, mi esposo, suele decirme que se divierte mucho conmigo. ¿Y las áreas *P* y *R*?

—¡Ajá! —prosiguió Aluph habiéndole cogido ya el tranquillo. El área de la *P* indica que es una mujer honesta e íntegra, con un gran sentido de la justicia. Sospecho que es sumamente consciente de los derechos de los demás.

Cynthia sacudió la cabeza sin dar crédito a sus oídos.

—¡Señor Buncombe, me ha dejado pasmada! Ayer mismo hice echar a un mendigo porque era una monstruosidad verlo en la calle. Los vecinos me lo agradecieron muchísimo.

—Y la R está relacionada con la bondad, incluidos el dinero y la generosidad. Usted es una mujer generosa, incluso me atrevería a decir generosa en extremo, si me lo permite, pues después de todo la frugalidad es el deber de un ama de casa. Pero aquí es donde la T entra en juego, porque sugiere, por la forma de esta área de su cabeza, que es una mujer prudente y cauta que sabe actuar con decisión en los asuntos económicos.

Su público se tomó todas estas observaciones de diversas formas. La mayoría estaba de acuerdo con que su amiga era una mujer generosa, pero de vez en cuando se veía una o dos cejas arqueadas y se oía alguna risita.

—Hay otra área, la de la E, que también me ha gustado enormemente —dijo, y Cynthia se inclinó hacia delante ansiosa por oírle—. Está relacionada con una cualidad que necesitamos mucho en estos terribles días, en esta ciudad donde la desesperación nos recibe en la calle cada noche por culpa de ese asesino que anda suelto: es la región de la esperanza. Debo decir, Cynthia —añadió en voz baja respetuosamente—, que ante la adversidad usted mantiene la insaciable esperanza de que las cosas irán a mejor. El optimismo es uno de sus mayores dones. ¡No se imagina cuántas cabezas presas de la melancolía he palpado! Encontrarme con una personalidad tan fabulosa como la suya me levanta el ánimo. Hace que tenga una gran esperanza en el futuro.

Cynthia se lo tomó como un cumplido y, por consiguiente, se sonrojó. Sus amigas asintieron efusivamente al oírlo, algunas incluso un poco celosas, y el abrumador consenso reflejaba lo que casi todas ya pensaban, aunque no lo hubieran dicho nunca, que la señora Ecclestope tenía una cabeza de lo más inusual.

—Así que para terminar, mi querida Cynthia, me gustaría elogiar su buena suerte y su personalidad. Usted es única entre los urbs umidianos.

Al terminar Aluph de hablar, la señora Ecclestope tenía sus rechonchas mejillas coloradas y se había quedado sin aliento.

—¡Oh, señor Buncombe! —exclamó dando un grito ahogado—, me ha alegrado la vida. Me muero de ganas de contárselo a Arthur. Le complacerá saber que tiene una mujer tan inteligente. A veces creo que alberga sus dudas sobre ello.

—Estoy seguro de que será una noticia muy grata para él —observó Aluph, y después se inclinó con elegancia y salió de la habitación retrocediendo para no darles la espalda.

El mayordomo, que había estado escuchando con la oreja pegada a la puerta, le entregó una bolsita de piel llena de monedas.

—Creo que la señora Ecclestope se ha quedado muy contenta con la sesión —observó el hombre.

—A mí también me lo parece —repuso Aluph—. Su marido también debería hacerse examinar la cabeza, estoy seguro de que le gustaría.

—Seguro, señor —afirmó el mayordomo firmemente—. Es una excelente idea, si me lo permite. ¡Y pensar que hay gente que describe esta ciencia como una *P-A-P-A-R-R-U-C-H-A-D-A*.

—¡Es increíble! —exclamó Aluph sonriendo—. ¡Increíble!

23

Un descubrimiento horripilante

«¡Ha arrojado a otro!» —gritó un chico en la orilla del Foedus—. ¡Ha arrojado a otro!»

Un cuerpo flotando en el río siempre despertaba mucho interés entre los urbs umidianos. Por lo general, las víctimas de las acuosas garras del Foedus eran marineros extranjeros de los barcos que navegaban por el río cargados con sus mercancías exóticas y perfumadas. Estos barcos solían pasar muchas semanas en alta mar, y en cuanto los sedientos marineros podían desembarcar, se iban directos a las tabernas del muelle. Después de pasarse la noche bebiendo, muchos de ellos, borrachos como cubas, resbalaban sobre el muelle húmedo e iban a parar al río. Y ése era su fin. En invierno, cuando el río adquiría la consistencia de una salsa espesa por el implacable frío, si un objeto pesado, una persona o cualquier otra cosa caía al agua, apenas se oía. Y aunque alguien te oyera caer, en un lugar como Urbs Umida, no podías confiar en que un bondadoso desconocido te ayudara.

Como es natural, todos estos cuerpos acababan saliendo a la superficie. A los extranjeros, identificados como tales por el color de la piel y el aspecto del rostro, los revisaban a conciencia por si llevaban algún objeto de oro (dientes y pendientes) antes de volverlos a arrojar al río, considerando que cualquier

144

marinero respetable desearía ser enterrado en el mar. También existía el tácito acuerdo de que el que descubría el cadáver era el que podía saquearlo, de ahí la voz excitada del chico. Pero en esta ocasión se llevó una decepción, pues el Foedus había arrojado simplemente el cuerpo de Harry Etcham.

Harry, un tipo gordo en vida, estaba incluso más hinchado de muerto. Después de ser arrojado al río, había estado durante días sumergido en la maraña de algas que había en la base del tercer arco del puente. Si uno observaba el río con atención, podía ver la punta de la nariz del cuerpo de Harry flotando en el agua.

Harry nunca sabría quién lo había arrojado por el muro del río y no era el primero al que le ocurría ni el último. El Foedus, tras conservarlo más tiempo que a la mayoría, se hartó de su cuerpo empapado y arrugado y lo depositó en la fangosa orilla junto a las escaleras que llevaban a sus aguas. Harry no se quedó sobre el lodo, sino varado en él (debido a su peso), creando una profunda depresión, como una especie de criatura marina antediluviana que hubiera expirado. En cuanto oyeron los gritos del chico, todos los que estaban cerca fueron corriendo a verlo. El pobre Harry nunca había sido objeto en vida de tanta atención como ahora de muerto.

En aquel momento Aluph Buncombe cruzaba el puente silbando alegremente, con la tintineante bolsita bien atada en el bolsillo del pantalón, tras su exitosa sesión con las amigas de Cynthia Ecclestope, animado por la promesa de realizar otra en el círculo de sus elegantes y sofisticadas compañeras. Llegó al escenario del crimen al mismo tiempo que el policía Coggley, que intentaba abrirse paso entre el montón de mirones.

—¡Atrás, atrás! —gruñó. La gente retrocedió de mala gana y Aluph, aprovechando la brecha abierta, le siguió pegado a su espalda. Coggley bajó con mucho cuidado a la fangosa orilla y contempló el cuerpo de Harry con una mueca de desagrado.

—Necesitaré ayuda —gritó a los mirones, pero sólo se encontró con rostros inmutables.

—Yo le ayudaré —exclamó Aluph bajando al barro blando y engullidor de la orilla. Su interés en un asunto tan horripilante era diferente al del resto de la gente. No era económico o morboso, sino científico. Al margen de lo que hubiera dicho en el salón junto al río, tenía un verdadero interés por el «mapeado de la cabeza». Recientemente había estado formulando la teoría de que la topografía craneal podía indicar si una persona era propensa a la mala suerte. Y también especulaba, y era una idea excitante, que incluso podía llegar a saber si una persona era más proclive que otra a ser la víctima de un asesino, lo cual era comprensible, ya que se trataba de un asunto de palpitante actualidad en ese momento.

Imagina si éste fuera el caso, pensó. *Podría ayudar a la gente a evitar que la asesinaran. Me convertiría en una especie de adivino craneal.* No necesitaba palparse la cabeza para saber que esta habilidad aumentaría notablemente su fortuna personal. El policía Coggley miró a Aluph de arriba abajo, advirtiendo el vistoso traje y el monóculo, y se preguntó qué estaría haciendo ese tipo en esta parte del río. Se encogió de hombros.

—Écheme entonces una mano, señor —dijo el policía jadeando, resollando y gruñendo mientras intentaba hacer rodar el cuerpo de Harry por la orilla.

Con la ayuda de Aluph, consiguió arrastrar a Harry hasta las escaleras, donde ambos descansaron unos momentos antes de subirlo.

—¿No le parece que tiene un aspecto un tanto peculiar? —observó el estudioso de las protuberancias craneales.

En el puente se hizo un silencio sepulcral, y al mirar hacia arriba, Aluph vio que la gente se apartaba del muro que daba al río. Coggley se puso delante de Aluph para ver mejor el cadáver y una milésima de segundo más tarde el barrigón de Harry Etcham estallaba, cubriendo a cualquiera que estuviera cerca (sobre todo al policía) con los nauseabundos jugos podridos de un cuerpo en descomposición. Aluph, al encontrarse detrás del policía, se libró de la explosión y salió relativamente indemne. Pero por desgracia el policía tenía el rostro chorreando de las putrefactas y heladas tripas del difunto.

—¡Puuuuaaj! —exclamó la multitud a coro antes de estallar en unas sonoras y descaradas carcajadas. No había nada que les gustara más que ver al policía del barrio sufrir un accidente tan asqueroso. Coggley también estaba a punto de estallar. Agitó su viscoso puño hacia el grupo de mirones apiñado en el puente.

—¡Cómo os atrevéis a reíros de un oficial de la ley! —farfulló—. Antes de que os deis cuenta os habré metido a la mayoría en Irongate.

Al oírlo se burlaron de él y algunos incluso le hicieron un gesto obsceno con el dedo. Aluph le ofreció con vacilación su pañuelo, rehusando aceptarlo de vuelta, y juntos consiguieron arrastrar los asquerosos restos (aunque ahora mucho más livianos) de Harry Etcham hasta la cima de las escaleras, donde un carro tirado por un caballo lo estaba esperando para llevárselo al depósito de cadáveres.

—¿Cree que ya estaba muerto al caer al agua?

El policía sacudió la cabeza.

—No lo sé. Seguramente se tiró del puente.

Todo el mundo sabía que algunos ciudadanos de Urbs Umida decidían acabar con su vida de ese modo.

—¿Y si ha sido el Asesino de la Manzana Plateada? ¿No debería inspeccionar el cadáver por si tiene una manzana?

—Mmmm... era exactamente lo que iba a hacer —dijo Coggley, y al rebuscar en el empapado chaleco de Harry encontró una zanahoria y dos cebollas.

—Revise este otro bolsillo —sugirió Aluph, y el policía lo hizo a regañadientes.

—¡Lo han asesinado! —admitió Coggley con inquietud levantando en alto la palma de su mano, en la que ahora reposaba una reluciente manzana plateada.

Aluph cogió la manzana y la giró. Rascó con la uña la superficie y se desprendió una viruta plateada.

—Está pintada. Me pregunto por qué.

Coggley resopló. El Asesino de la Manzana Plateada era su cruz en ese momento. Cada vez que encontraban un nuevo cadáver, el policía era llamado al despacho del juez para que explicara cómo era posible que, al igual que la semana anterior y la precedente, no tuviera ninguna pista que le permitiera atrapar al asesino con el apodo frutal.

—¡Quién sabe! He visto algunas cosas tan extrañas en esta ciudad —contestó el policía en respuesta a la pregunta de Aluph, sacudiendo la cabeza con aire desesperado.

Aluph se preguntó qué podía ser más raro o más maloliente que un policía cubierto con los jugos podridos de un cadáver, pero no dijo nada.

—Tal vez sea alguna clase de mensaje.

—Tal vez.

Aluph se dirigió al carro donde Harry yacía y le palpó rápidamente la cabeza con las manos. Se llevó una decepción al descubrir que la *B*, el área de la mala suerte, no parecía estar más desarrollada de lo habitual. Incluso daba la impresión de estarlo menos.

¡Tanto da!, pensó Aluph. Tenía un montón de otras teorías con las que trabajar, una de ellas era si en el cráneo se podía ver la simpleza de una persona. Recordó la forma de la cabeza de Cynthia Ecclestope. ¡Eso sí que le resultaría muy útil!

La gente se dispersó, y Aluph y el policía se separaron yendo en direcciones opuestas: Coggley al despacho del juez para rendir cuentas y Aluph a la pensión de la señora Hoadswood para tomar una comida ligera y echar una siestecita. Al otro lado de la calle, espiándolos medio escondida detrás de un carro de heno parado, había una solitaria figura. Los contempló hasta que los dos doblaron la esquina y desaparecieron, y entonces abandonó el escenario del crimen.

24

Rudy Idolice

Pin dejó a un lado la última edición del *Chronicle* chasqueando la lengua y lanzó un suspiro. Sacó de debajo del colchón una cajita de madera y la depositó en el suelo frente a él. Era una magnífica obra de artesanía: su padre la había hecho para él con madera de haya procedente de los espesos bosques que rodeaban las murallas de la ciudad. Era rectangular y medía veinte centímetros de ancho por trece de largo y tal vez trece de profundidad. Pin la había cuidado muy bien, puliéndola con regularidad con un trapo impregnado de cera. Le daba un buen uso y le recordaba a su padre. Al principio la llevaba a todas partes en su bolsa, pero era incómodo, así que en cuanto el señor Gaufridus lo contrató, la escondió en un lugar seguro detrás del armario del sótano. Ahora que se alojaba en la pensión de la señora Hoadswood, Pin se alegraba de poder dejarla en su habitación, aunque escondida.

Su padre era un carpintero tan diestro que las ensambladuras de la madera no se veían, y una vez que colocó la tapa de la cajita, fue imposible ver dónde se unía la una con la otra. Pin acarició un borde de la caja y, suspirando de satisfacción al descubrir el punto de unión, levantó la tapa. Su diario descansaba sobre un fajo de recortes amarillentos de periódico. Dobló el último artículo de

Deodonatus y lo guardó cuidadosamente en la caja con los otros. De pronto, como si cambiara de idea, cogió el fajo de recortes y se puso a revolverlos de arriba abajo. Todos eran del *Chronicle* y, salvo uno o dos, estaban escritos por Deodonatus Snoad. Uno detrás de otro contaban la historia del asesinato de Fabian. Contenían todos los detalles: el descubrimiento del cuerpo, la desaparición de Oscar Carpue y las especulaciones, las interminables especulaciones, acerca de que Oscar era el culpable. Pin se entretuvo un buen rato con el último. Le fastidiaba en especial.

¿QUÉ ES LO QUE LLEVA A UN HOMBRE A ASESINAR A ALGUIEN?
por
Deodonatus Snoad

El asombroso caso de OSCAR CARPUE y el ASESINATO de FABIAN MERDEGRAVE.

Pin sacudió la cabeza y frunció el ceño. ¡Cuántas veces había leído y releído estos artículos! En cuanto a Deodonatus Snoad, ¡nadie se libraba de su venenosa pluma! Incluso a Aluph lo había mencionado el otro día. Había ayudado al policía Coggley a llevar hasta el puente un cuerpo arrojado por el Foedus. Otra víctima del Asesino de la Manzana Plateada. Deodonatus describía a Aluph como un «intérprete de las protuberancias», lo cual no era en absoluto como Aluph se hubiera presentado. Sin embargo, no estaba demasiado molesto, porque salir en el *Chronicle* sólo favorecería su negocio. De hecho, Deodonatus había dicho que tal vez recurriera a los servicios de Aluph «en beneficio de sus queridos lectores».

—¡Diablos! —exclamó Pin en voz alta—. La única persona por la que Deodonatus Snoad se interesa es por Deodonatus

Snoad. Volvió a guardar desconsolado el fajo de recortes debajo de su diario y cerró la tapa con firmeza. Se encaramó a la cama cansado. ¡Qué día había tenido! Mientras estaba tumbado volvió a pensar en el Asesino de la Manzana Plateada. ¡Qué ridiculez creer que su padre estuviera implicado!

Pin cerró los ojos e intentó aclarar su mente. La noche anterior no sólo había velado un cadáver, sino que además el señor Gaufridus tuvo que ausentarse por la tarde y él había tenido que ocuparse de todo —martillar, serrar, cepillar y perforar—, y por ello había subido y bajado las escaleras un centenar de veces. Y un montón de clientes habían estado tocando el timbre del mostrador con impaciencia para que los atendiera. Tenía los músculos hechos polvo y la mandíbula tensa.

Al oír a alguien llamar suavemente a la puerta se incorporó.

—Pasa —dijo, y Juno entró abrigada con la capa y dispuesta a salir.

—¿Quieres venir conmigo a ver a la Bestia Glotona? Después de todo, si vamos a irnos juntos de la ciudad, debemos verla antes —dijo.

Pin sonrió. Juno se estaba burlando de él, lo sabía, aunque sin mala intención.

—No te preocupes —repuso Pin riendo—. Lo descubriré. ¿Esta noche no trabajas en el Dedo Ligero?

Ella sacudió la cabeza.

—A Benedito le está afectando el frío estos últimos días. No se encuentra bien.

Tú tampoco tienes muy buena cara que digamos, pensó Pin, que sabía lo que se decía. La pálida piel de Juno era ahora casi transparente y las venitas de las sienes habían adquirido un vivo color azul.

—¿Vienes?

Pin asintió con la cabeza y se puso las botas. Juno tenía razón: tanto si se iban de la ciudad juntos como separados, sería una lástima marcharse de Urbs Umida sin haber visto a la Bestia. En cuanto a si era bueno o no hacerlo —Pin tenía sus dudas—, ya reflexionaría sobre ello más tarde.

—¡Estupendo! —repuso Juno sonriendo al tiempo que ya salía por la puerta. Pin se abrochó el abrigo y se apresuró a alcanzarla.

En la taberna del Dedo Ligero Rudy Idolice, el orgulloso propietario y exhibidor de la Bestia Glotona, disfrutaba de un breve descanso en el negocio pegando una cabezadita en la silla. Uno de sus pocos talentos era poder dormir en prácticamente cualquier postura a cualquier hora.

Rudy protegía a la criatura de la misma forma que protegía cualquiera de sus preciados bienes, sobre todo los que le reportaban dinero. En alguna ocasión, cuando el negocio estaba calmado, bajaba al sótano y se plantaba ante la jaula para contemplar a la criatura mientras se zampaba cualquier resto de comida rancia que le echaran. Rudy siempre se refería a la Bestia como «eso». No la veía como un «él» o un «ella». Quizá, de haberlo hecho, no la habría tratado de esa manera con tanta facilidad. También prefería no mirarla a los ojos, porque incluso él no podía negar que había algo en ellos que contradecía su monstruosa forma.

Rudy había trabajado toda su vida en este negocio, el negocio de lo grotesco, lo repulsivo y lo horripilante. Y cuanto más horrendo era lo que exhibía, más se alegraba, porque sabía que atraería a toda clase de hombres y mujeres, al margen de lo sofisticados que se consideraran. En el pasado, Rudy había dirigido un circo: la Alucinante Carpa Panóptica Ambulante de Rudy

Idolice. En sus momentos más lúcidos lo recordaba con cariño. En aquellos tiempos era por supuesto más joven, tenía la energía de la juventud y no empinaba tanto el codo como ahora.

En el pináculo del éxito había tenido cinco caravanas y veinte espectáculos. A veces alardeaba de que eran veintiuno, dependiendo de si al hombre con dos cabezas lo contaba como dos. ¡Qué espectáculo era verlo discutir! Y también había la mujer que podía morderse el codo. Rudy se rió entre dientes. ¡Vale, ella sólo contaba como una! Antes de que la mujer saliera al escenario, él solía hacer apuestas con los espectadores. Siempre había alguien que creía poder morderse el codo. ¡Ay, y como les crujían los huesos y gemían mientras se contorsionaban! Pero Matilda lo hacía como si nada. Verla agarrándose el codo con los dientes era desconcertante y al mismo tiempo extrañamente fascinante. Y también había el hombre con tres piernas. Incluso ahora Rudy sonreía al recordar su actuación. ¡Qué buen zapateador! Y lo más extraño era que la tercera pierna, un apéndice con el que hacía virguerías, no era ni un pie derecho ni un pie izquierdo. Le tenían que fabricar un zapato especial para él.

Rudy subió en el extraño mundo de lo grotesco a unas alturas que nunca había imaginado. Pero cuando subes tanto, lo más probable es que vuelvas a bajar. Y Rudy cayó. ¡Y qué batacazo se pegó! En cuestión de meses perdió veinte años de trabajo. Culpaba abiertamente a la mujer barbuda de ello. ¡Dios bendito, esa tía bebía como una esponja! Fue ella la que le hizo darle a la ginebra, le sonsacó todos sus secretos, incluyendo cuánto dinero tenía, y luego incitó a los que exhibía a sublevarse. Haciendo que le exigieran más y más dinero, mejores condiciones de vida y tiempo para tomarse un descanso. ¡Qué traidora! Rudy no les concedió lo que le pedían, creyendo que seguirían con él y le agradecerían con la lealtad lo que había hecho por ellos. Después de todo, si no fuera por él, ¿dónde estarían? Pero no había tenido en cuenta al hombre bicéfalo. Por primera vez sus dos cabezas se pusieron de acuerdo y convenció a los demás para que se unieran a él en la revuelta. Hicieron los petates y se largaron con un circo rival. Y Rudy tuvo que buscarse la vida en otra parte.

Fue la Bestia la que al final lo salvó. Cada vez que la contemplaba se sorprendía de lo horrenda que era. En realidad, la Bestia no era tan repugnante cuando Rudy la descubrió en la espesura de un bosque de una escarpada montaña cerca de una aldea, pues en aquella época llevaba una vida más activa. Los aldeanos estaban desesperados por librarse de ella, ya que se estaba comiendo a los pocos jocastares que quedaban —se ganaban la vida sobre todo con su lana— a un ritmo de uno por noche. Cuando Rudy oyó hablar de la extraña criatura, fue a la aldea enseguida. Por una suma de dinero, menos del que él quería, pero el suficiente considerando las ganancias que le reportaría, capturó a la Bestia, la encerró en una jaula y se la llevó.

Triunfaba dondequiera que la llevara. Rudy no era una persona brillante —apenas sabía leer y firmar con su nombre—, pero conocía la naturaleza humana. Todo el mundo, fuera de la clase social que fuera, quedaba fascinado por la extraña criatura. Varios días antes de irse de un lugar, mandaba a un mensajero a la siguiente ciudad para anunciar la inminente llegada del nuevo espectáculo. Pero a menudo era innecesario, porque las noticias de la horrenda criatura llegaban antes.

Rudy Idolice, plantado en la penumbra ante la jaula, se frotó las manos. Mantener el sótano con poca luz había sido idea suya: aguzaba los oídos. En la penumbra, los lengüetazos de la Bestia masticando y sorbiendo, los resoplidos y gruñidos, y el repiqueteo de sus uñas al intentar sacarse un cartílago que se le había quedado entre los dientes rotos eran incluso más aterradores todavía.

A Rudy le dio un poco de hipo y se felicitó de nuevo al mirar entre los barrotes con el bolsillo repleto de tintineantes monedas.

—Tú y yo somos un buen equipo. ¡Nos está yendo muy bien! —dijo.

Los sorbetones cesaron. La Bestia olfateó el aire de manera ruidosa, soltó un gutural eructo y se acercó pesadamente a la parte delantera de la jaula. Rudy dio un paso atrás.

—¡Jolín, qué repugnante eres! —murmuró.

La Bestia lo miró con sus enormes ojos negros y parpadeó lentamente. Después frunció sus gruesos labios y arrojó un largo escupitajo que fue a parar a la frente de Rudy. Él dio un grito —la saliva quemaba— y se la limpió en el acto con la mano. La mano le olería a carne podrida durante tres días.

—¡Tú, monstruo, eres tan mugriento como esta ciudad! —masculló subiendo las escaleras y volviendo a su cómoda silla y a su botella de ginebra. Cuando oyó unos pasos acercándose, aún se estaba frotando la mano con un trapo húmedo—. ¿Otra vez tú? —le soltó al cliente alargando la mano para recibir una moneda de seis peniques antes de apartar la cortina.

25

La Bestia Glotona

La taberna del Dedo Ligero estaba llena hasta las vigas de juerguistas. En sus huecos y rincones había corrillos de hombres y mujeres zanjando tratos de dudosa naturaleza. Había tantos gestos de asentimiento, guiños y codazos que era como contemplar una bandada de pájaros empujándose en el caballete de un tejado. Tenían lugar diversiones clandestinas de lo más raras, la preferida esta semana era las carreras de gorgojos y, por supuesto, jugar a las cartas. Como siempre, el ambiente estaba lleno de carcajadas, gritos de triunfo y chillidos de desesperación al ganar y perder dinero. Sólo era cuestión de tiempo que las sillas salieran despedidas por el aire, que vertieran las bebidas sobre las cabezas y que estallaran las peleas.

Pin, sin perder de vista a Juno, se detuvo un instante para contemplar a un hombre ataviado con un vistoso traje, comparado con sus compañeros, que se limpiaba el sudor de la frente con el ceño fruncido. Daba la impresión de ser un forastero. En la mano sostenía un par de cartas.

Pin olfateó el aire. *Estás perdiendo sin remedio,* pensó.

De repente el hombre pegó un fuerte gemido y se cubrió el rostro con las manos.

—¡Págueme, señor Ratchet! —le espetó su contrincante tuerto. Llevaba un mugriento pañuelo atado a la cabeza y un aro en la oreja, sin duda era un marinero. El mango de su curvado cuchillo le asomaba por el cinturón. Ratchet se metió las manos hasta el fondo de los bolsillos y depositó todo su contenido sobre la mesa, pero por lo visto no lo bastante deprisa. En un instante el marinero le puso el cuchillo en el cuello. Con lo que sin duda consiguió que su deudor captara que debía apurarse. El marinero se dio cuenta de que Pin le estaba mirando y sonrió lentamente con su curtida cara. El chico bajó la cabeza y se apresuró a seguir a Juno. Si Ratchet olía a asustado, el marinero olía a imprevisible.

En el fondo de la taberna se encontraron con Rudy Idolice instalado en su silla. Los mugrientos sobacos le apestaban a sudor. Abrió un ojo y les sonrió con sus roñosas encías alargando la mano.

—Son seis peniques cada uno —farfulló—. ¡Los ojos se os saldrán de las cuencas! —afirmó con aspereza rodeando el dinero con sus temblorosos dedos—. Os garantizo que nunca habéis visto lo que vais a ver aquí —su voz se apagó, el atisbo de entusiasmo monetario se había esfumado. La Bestia Glotona por sí sola era el mejor reclamo.

Rudy señaló brevemente el cartel con la advertencia de Betty Peggotty con un dedo y apartó la cortina con otro. Y luego prácticamente los empujó a los dos hacia las escaleras.

La Bestia estaba sentada o tumbada —era difícil de decir en la oscuridad— en la jaula, detrás de unos gruesos barrotes de hierro justo lo bastante separados como para que una mano humana pasara entre ellos. Dentro de la jaula, junto a los barrotes de la parte delantera, sobre el suelo húmedo de tierra, había esparcido aserrín y heno y los restos de lo que parecía un cerdo. La carne podrida estaba llena de moscas revoloteando a su alrededor y posándose en ella, y en su desgarrada superficie se podían ver gusanos ciegos moviéndose. En el fondo de la jaula había un compacto lecho de paja, como si un gran peso lo hubiera estado prensando, y junto a él un bebedero medio lleno de agua salobre cubierta de moho verdoso. El suelo del exterior de la jaula estaba desgastado y alisado por los muchos pies que se paraban en él, lo pisaban y lo rozaban a lo largo del día. Y en los húmedos muros de piedra del sótano resonaban los gritos ahogados y los suspiros de los que acudían a contemplar, considerar y juzgar a la criatura que estaba dentro.

Juno y Pin se quedaron de pie detrás del corrillo de gente reunido frente a la jaula. La Bestia permanecía inmóvil de espaldas, mostrando su lomo ancho y peludo a pesar de los gritos de «¡eh, bestia!» o «¡tú, peluda!» y otros recibimientos de índole similar.

—Tal vez está dormida —se atrevió a decir un tipo bajito con un gran sombrero.

—O enfurruñada —dijo otro arrojándole una zanahoria entre los barrotes que impactó en el hombro. La criatura apenas se movió.

—No creo que coma verduras —observó el del sombrero. Acababa de reconocer la carne pudriéndose en la jaula.

—Pues yo he pagado un buen dinero por verla —protestó un tercero, y cogiendo del suelo un palo largo de punta afilada que había a mano (cabe preguntarse si no estaba allí para eso) y animado por los entusiasmados gritos de los otros hombres y por las exclamaciones entrecortadas de las mujeres, lo metió por entre los barrotes y le pinchó a la Bestia su considerable trasero. Se escuchó un ligero movimiento y una mosca zumbando, eso fue todo.

—¡Otra vez, Charlie! ¡Vuelve a pincharla! —insistieron sus amigos. Todos deseaban en secreto haber encontrado el palo, pero al mismo tiempo se alegraban de no haberlo hecho. Charlie, sabiendo ahora que no podía decepcionar a sus amigos, alargó de nuevo la mano y pinchó tan fuerte a la criatura que le costó incluso retirar el palo. El efecto fue inmediato.

—¡Aaaarrrg! —rugió la Bestia furiosa. Se levantó de un brinco, se dio la vuelta a una velocidad insólita y se arrojó contra los barrotes; el fuerte ruido del impactó resonó por todo el sótano. Charlie y sus amigos retrocedieron de un salto al unísono, gritando y berreando, y subieron despavoridos las escaleras. Todos los privilegios de las clases sociales quedaron olvidados, y hombres y mujeres —en este caso no hubo damas ni caballeros— se abrieron paso a empujones para salir cuanto antes arrastrando a Juno y Pin en la estampida.

La Bestia Glotona se irguió cuan alta era, dos metros y treinta centímetros, y agarrando los barrotes con las garras los zarandeó. Volvió a rugir mostrando una boca con unos dientes amarillentos y cuatro largos colmillos marrones. De sus babeantes labios se desprendieron unos largos y pegajosos hilachos de saliva.

Pero ahora volvía a estar sola en su apestosa prisión. Su público se había ido sin dejar apenas rastro, sólo las huellas de las botas y los tacones de los que habían salido pitando. En el suelo había quedado un pañuelito ribeteado con una puntilla. La Bestia lo contempló un instante y luego metiendo fácilmente el antebrazo por los barrotes, lo cogió. Se lo llevó al hocico, lo olfateó y en sus pliegues percibió un ligero aroma a lavanda. Se sentó pesadamente en el suelo de la jaula, emitiendo un golpe seco que resonó por el sótano, y se quedó con la mirada perdida en el vacío. Aquel aroma le recordaba la lavanda que crecía en las montañas en primavera.

De pronto, al percibir en la oscuridad un movimiento bajo las escaleras, gruñó ligeramente. Una misteriosa figura se fue directa y sin miedo a la jaula y, apoyándose contra los fríos barrotes, se puso a susurrarle algo monótonamente a la criatura. Es difícil de decir si la Bestia lo escuchaba o no. Aunque no dio señales de hacerlo. Después la figura se alejó de la jaula, subió las escaleras y desapareció. El sótano volvió a quedar en silencio, salvo por el agudo zumbido de una mosca y el ruido de las tripas de la Bestia.

26

Perdido

En cuanto salieron a la calle, Pin y Juno recuperaron el aliento. En el poco rato que habían estado en el Dedo Ligero, una niebla espesa había envuelto el Foedus y ahora se extendía por la ciudad, invadiéndolo sigilosamente todo. Juno miró a Pin inquieta.

—¿Estás bien? —le susurró tocándole en el hombro.

Él asintió con la cabeza y se metió las manos bajo las axilas para calentárselas.

—No creí que fuera tan horrenda.

—¿Has visto al tipo escondido debajo de las escaleras?

—Sí —repuso Pin con los dientes castañeándole—. Quizás era su cuidador.

—¡Quién sabe! —exclamó Juno envolviéndose con la capa, pero el frío le estaban agarrotando los huesos—. Me estoy congelando —se quejó—. Volvamos a casa.

Pin accedió. Había sufrido muchos inviernos en Urbs Umida, pero ninguno tan frío como éste. Caminaron con brío durante un ratito. Pero al cabo de poco la niebla se había vuelto tan espesa que casi podía palparse. Pin ni siquiera se veía los pies.

Si no encontramos el río, al menos podemos seguirlo —dijo el chico deteniéndose y girando lentamente.

—¿No lo hueles? —preguntó Juno, quien como de costumbre iba por delante unos cuantos pasos—. Creía que podías oler cualquier cosa.

—Claro que lo huelo —replicó Pin. Estaba enojado consigo mismo. Al menos debía haber sido capaz de encontrar al Foedus—. Pero cuando el olor está por todas partes, no es fácil saber de dónde viene. Además, esta noche es menos fuerte.

De repente oyeron unos crujidos.

—¿Qué es eso? —preguntó Juno inquieta.

—No lo sé. Es la primera vez que oigo esos ruidos.

Eran una especie de gruñidos que casi parecían humanos.

—Creo que vienen de esa dirección —dijo la joven con un hilo de voz.

Pin intentó concentrarse.

—¡Chisss! —dijo, tratando de aguzar el oído e identificar lo que olía—. Creo que es por aquí —dijo al fin. Ella no le respondió.

—¿Juno? —la llamó—. ¿Juno? —insistió irritado.

La muchacha había desaparecido.

Pin primero los olió, apestaban a carne humana putrefacta y purulenta, y luego los oyó respirar silbando ruidosamente y con dificultad. Se quedó plantado en el lugar, cegado por la niebla. De pronto una mano deforme salió a su derecha de entre la niebla y lo agarró del brazo. El chico, aterrado, se liberó de ella apartándose bruscamente y oyó un grito, pero entonces le agarraron seis, ocho, quizá diez manos más.

—¡Ah! ¿Qué tenemos aquí? —le dijo alguien al oído con voz ronca.

—Sólo estoy intentando volver a casa —masculló Pin, deseando con toda el alma que Juno se encontrara muy lejos. Un tipo encorvado, con una cara como la de alguien que acabara de levantarse de la tumba, se plantó frente a él interceptándole el paso.

—¿Ah, sí? —rió revelando cinco dientes, tres arriba y dos abajo.

Pin apartó la niebla de su cara y se vio rodeado de un horrendo montón de mendigos desesperados con nada que perder y todo que ganar. Iban cubiertos de harapos y tenían los rostros marcados por la viruela, unos ojos llorosos y hundidos, y unos cuerpos pestilentes. ¡Por todos los santos, cómo apestaban! Aquella noche la niebla era su aliada.

—No tengo nada para vosotros —dijo Pin al tiempo que se ponía los bolsillos del revés.

—¿No llevas dinero? —le soltó el mendigo que le había interceptado el paso.

Pin sacudió la cabeza.

—¡Os lo aseguro! Me lo he gastado todo en el Dedo Ligero para ver a la Bestia.

—¿Has oído eso, Zeke? —terció otro mendigo con un aspecto igual de repulsivo y que también olía a rayos—. Le gustan los monstruos.

—¡Pues tienes suerte, chico! —le espetó Zeke—. Porque es terrible que te juzguen por tu aspecto. Nosotros quizá seamos horrendos por fuera, pero por dentro… —hizo una pausa acercándosele tanto que casi pegó su nariz a la de Pin— ¡somos más horrendos aún!

De pronto los mendigos se abalanzaron sobre él, babeando, salivando y riendo. El muchacho forcejeó, pero los enjutos y nervudos brazos de sus atacantes eran como tornos alrededor de sus muñecas, brazos y tobillos.

—¡Lleváoslo a la guarida! —vociferó Zeke—. Estoy hambriento.

—¡Soltadlo! —ordenó una voz masculina detrás de ellos.

Lo soltaron, pero al ver de quién procedía la orden se echaron a reír más estrepitosamente aún, porque el que acababa de hablar era muy poquita cosa y además, advirtió Pin llevándose una decepción, se apoyaba en un bastón.

—¡No es más que un cojo! ¡Vete a casa o te asaremos a ti también! —le increpó Zeke.

—¡Ni se os ocurra desobedecerme! —gritó el hombre con dureza.

—¿Por qué no? ¿Qué es lo que nos vas a hacer?

De pronto se oyó un zumbido y un chasquido y el desconocido se abalanzó sobre el mendigo y le dio un golpe con la punta del bastón. Se oyó un crujido y una humareda, y Zeke cayó al suelo dando un alarido. Los mendigos se quedaron petrificados y boquiabiertos durante un segundo y después huyeron despavoridos. Un instante más tarde Zeke volvió en sí y desapareció arrastrándose y gimiendo en medio de la neblina.

—Me ha salvado la vida —dijo Pin temblando al desconocido.

—En absoluto —repuso él.

—¿Cómo se lo puedo agradecer?

—No importa. Voy hacia el puente. ¿Te va bien esa dirección? —dijo el desconocido.

—¡Oh, sí! Una vez en él, ya sabré volver a casa —respondió Pin agradecido.

—Está más cerca de lo que crees. Me conozco la ciudad al dedillo, con niebla o sin ella —afirmó el desconocido, que se puso rápidamente en marcha, dejando con el bastón un rastro de agujeros en la nieve.

—Yo también creía conocerla —murmuró Pin compungido.

—Esta noche has ido a ver a la Bestia, ¿verdad? —preguntó el desconocido no para charlar, sino sólo para confirmar lo que ya sabía.

—Sí —repuso el chico asombrado—. ¿Cómo lo sabe?

Pin supuso que no le había oído, porque no le contestó. Caminaron con brío, acompañados por los crujidos de sus pasos y los extraños gruñidos y chasquidos que resonaban en las calles. La niebla se estaba por fin levantando un poco y el muchacho comprendió que los puntos brillantes que ahora podía ver eran las luces de la calle y las tabernas del puente. Habían llegado al Foedus. Volvió a sentirse a salvo.

—Ahora ya sé orientarme —exclamó aliviado de espaldas al muro del río—. Se lo agradezco mucho —añadió.

Pero cuando iba a tenderle la mano para despedirse, un ruido le distrajo. Los crujidos cesaron tan repentinamente como habían empezado y el ambiente se aligeró.

—¡Escuche! Los gruñidos han cesado —observó Pin, pero el desconocido estaba distraído, jugueteando con el bastón—. Dígame, ¿qué es lo que hizo con el bastón? —preguntó muerto de curiosidad.

El hombre levantó los ojos y dio un paso adelante. Pin dedujo por el olor que despedía que no se lavaba con la debida frecuencia.

—Es una lástima que lo hayas visto —repuso.

—¿Por qué? —preguntó Pin viendo cómo se esfumaba la confianza que había depositado en su extraño salvador.

—Porque es mi pequeño secreto.

—Sé guardar un secreto —dijo el chico inquieto, al tiempo que retrocedía despacio hasta quedarse con los talones pegados al muro que había a lo largo del río.

—Estoy seguro.

De golpe y porrazo el desconocido se abalanzó sobre él y le metió la mano en el bolsillo con brusquedad.

—¡Eh! —protestó Pin, pero antes de poder decir nada más oyó un zumbido y un chasquido, y sintió el impacto de una explosión en el pecho que le produjo un estado de choque al instante. Salió despedido hacia atrás y se precipitó por el muro. Sintió que caía al vacío. Era como si sucediera a cámara lenta. Le pareció una eternidad hasta llegar al río.

¡Qué extraño, ya no huelo el Foedus!, pensó antes de hundirse en la oscuridad.

27

Salvado

—Entorcess harznos una dremosstrachion —balbuceó un joven borracho como una cuba que le tiraba a Beag de la manga cuando salía del Dedo Ligero.

El enano sacudió la cabeza e intentó perderle de vista. Mientras se tomaba tranquilamente una jarra de cerveza en un rincón de la taberna, un joven lo había abordado al reconocerlo como el lanzador de patatas. El frío aire de la calle no pareció ejercer ningún efecto en su melopea y el tipo, hipando ruidosamente, osciló en un ángulo inaudito, desafiando la ley de la gravedad.

—¡Yo te enseñaré a lanzarla! —gritó el borrachín.

Beag suspiró y se giró para echar un vistazo al tipo que le retaba. ¿Era éste realmente su destino? A veces pensaba que la tortura de la noche que pasó en la *Cathaoir Feasa* era preferible al sufrimiento que le producía a diario la ciudad cada vez que tenía que lanzar una patata. Suspirando con resignación, se metió la mano en el bolsillo y se sacó una gran patata *Hickory Red*. Mientras miraba dónde lanzarla, la giró entre las manos para eliminar la tierra a fin de que no frenara su avance por el aire.

—Muy bien —dijo arrodillándose para trazar una línea en la nieve. Al hacerlo vio algo entre las piernas del borrachín (las tenía muy separadas para mantener el equilibrio) que le hizo gritar.

—¡Por todos los santos! —masculló. ¿Estaba viendo visiones? ¡Alguien acababa de caer al Foedus!—. ¡Eh! —gritó Beag poniéndose en pie de un salto y echando a correr—. ¿Qué narices está pasando?

El tipo que estaba mirando el río salió pitando al oír el grito de Beag. El enano dejó de correr, porque sabía que no lo atraparía. Se paró en seco e, inclinándose hacia atrás, le lanzó la patata con todas sus fuerzas. Contempló con inmensa satisfacción cómo la patata volaba silbando en el aire dando vueltas sobre sí misma y le arreaba un castañazo en el lado derecho de la cabeza que resonó por toda la calle. Casi derribó al tipo y vio que se tambaleaba, pero al final recuperó el equilibrio y desapareció en medio de la noche. Beag se asomó por el muro para ver quién se había caído al río.

—¡Dios bendito! —exclamó—. ¡Si es Pin!

Pin era presa de la más absoluta confusión. Sabía que no estaba despierto ni tampoco dormido. Sabía que se había caído al Foedus, pero no tenía la ropa mojada. En realidad, estaba muy calentito. Decidió que debía de haber ido al cielo y no tenía ningunas ganas de abandonar este apacible mundo en el que se encontraba. Pero aquellas voces, aquellas fuertes voces persistían. Quería que se esfumaran, pero seguían hablando como una lluvia de piedrecitas contra el cristal de una ventana.

—¿No puedes hacer algo? Creía que revivías a los muertos —dijo una voz.

—¡Yo revivo a los muertos, pero no a los vivos! —replicó otra.

—No se mueve —terció una tercera voz.

—Quizá sólo esté dormido.

—¿Por qué no le pinchas el pie con una aguja para ver si reacciona? ¿No es ése el método que le enseñó el señor Gaufridus?

—Estoy seguro de que comentó que les metían una pluma por el orificio derecho de la nariz. Quizá reaccione con ese sistema.

—¿En qué lugar más le podríamos meter algo puntiagudo? ¿Y si...?

—Juno, ¿tienes algo en la habitación que nos pueda servir para hacerle volver en sí? Como hierbas, sé que las quemas. Las he olido un montón de veces por la noche.

—Yo... quizá tenga algo. Voy a ver.

¡Ah, por fin las voces le habían dejado en paz! Pin saboreó este momento de tranquilidad, pero le duró muy poco. Las voces volvieron a hablar y la cabeza le empezó a doler.

—¿Qué es eso?

—Es una especie de poción. Quizá le ayude.

Pin notó algo frío debajo de la nariz y de pronto fue objeto de un atroz asalto aromático. Volvió en sí agitándose, tosiendo y estornudando con ganas, y lo siguiente que supo fue que estaba despierto, incorporado y rodeado de cuatro caras aliviadas. Todas se tapaban la boca o la nariz.

—¡Oh, gracias a Dios! —exclamó la señora Hoadswood a través del pañuelo—. ¡Eres un genio, Juno!

—¿Qué era eso que le hiciste oler? —preguntó Beag.

—Es agua del Foedus —repuso Pin medio asfixiado aún por el pestazo que soltaba—. ¡Hace revivir a un muerto!

Poco después Pin estaba sentado frente al fuego de la cocina tomándose una sopa caliente. Le dolía la cabeza, pero si cerraba el ojo marrón se sentía un poco mejor. Con el verde vio a Juno plantada frente a él. Tenía los labios morados y estaba temblando.

—¿Adónde narices te fuiste? —le recriminó enojada—. En un instante estabas a mi lado y al siguiente habías desaparecido.

—Tú también desapareciste —le espetó Pin indignado—. ¿Cómo volviste a casa?

Juno parecía arrepentida.

—¡Lo siento! Al no encontrarte seguí andando y por pura casualidad acabé en la calle del Portón de los Chipirones.

La posadera chasqueó la lengua.

—¡No sabéis la suerte que habéis tenido! Esa niebla no puede tomarse a broma —observó.

—¡Es un demonio! —terció Beag inquieto.

—¿Quién? —preguntaron Pin y Juno al unísono.

—El río. Puede provocar la niebla en un minuto. La ciudad entera estaba envuelta en ella. Como ya sabéis, hay una canción sobre el río titulada *Se lo tragó*.

Antes de que nadie pudiera impedírselo, Beag cogió aire y empezó a cantar con gran entusiasmo la primera estrofa:

El viejo Johnny Samson
por el río deambuló,
y al siguiente instante
el agua se lo tragó,
se lo tragó…

—Sí, gracias, Beag —le interrumpió la señora Hoadswood—, quizá más tarde nos la puedas seguir cantando.

—No lo entiendo. Creí que había caído al río, pero no tengo la ropa mojada —observó Pin.

—Se ha helado —repuso Beag.

—¿El qué?

—El Foedus. Está cubierto de una capa de hielo de tres palmos de grosor. Es lo que te ha salvado. No te hundiste en el agua, sino que aterrizaste en la superficie del río.

—¡Ah, por eso me duele la cabeza!

—Seguro que al otro tipo también le duele —comentó Aluph riéndose.

—¿A quién?

—Al tipo que te arrojó por el muro —dijo Juno—. Beag le lanzó una de sus patatas.

—Le di de lleno en la cabeza. Reconozco que ha sido mi mejor tiro —afirmó el diminuto hombrecillo.

Pin se echó a reír, pero se detuvo haciendo una mueca de dolor.

—¿Qué sucedió? —le preguntó la señora Hoadswood mientras le servía en el cuenco otro cucharón de sopa.

—Después de desaparecer Juno —dijo el muchacho, empezando a recordarlo ahora todo—, me rodeó una banda de mendigos. Cuando iban a asarme como cena, un desconocido (debe de haber sido el tipo al que viste) me defendió y me salvó la vida dándole a Zeke, el cabecilla de la banda, con la punta del bastón. El mendigo se desplomó al instante. Mi salvador me preguntó si había visto a la Bestia, y en cuanto llegamos al Foedus, también me golpeó con la punta del bastón. Lo siguiente que recuerdo es que caí por el muro.

—¿Un bastón que te hace dar un salto? —preguntó Beag asombrado.

—No puedo describirlo exactamente. Oí un zumbido, y al tocarme el tipo con el bastón, sentí una tremenda descarga que me lanzó por el aire.

Beag no acababa de creérselo.

—¿Estás seguro? Quizás estás confundido por el golpe que te has dado en la cabeza.

—No —repuso Pin con firmeza—. Sé que parece extraño, pero eso fue lo que ocurrió. Mira, incluso tengo una marca donde me golpeó —añadió señalándose la camiseta.

Y era verdad, tenía una mancha marrón a la altura del pecho.

—Mmmm —murmuró Aluph al tiempo que se acariciaba la barbilla pensativo—. A mí me parece más bien una quemadura.

—¿Te acuerdas de cómo era ese tipo? —preguntó Beag.

Pin frunció el ceño.

—Pues no. Había tanta niebla que no pude verle bien. Pero recuerdo que intentó cogerme algo del bolsillo antes de que cayera.

—¡Qué interesante! —repuso Aluph cavilando—. Aunque no creo que fuera eso lo que estuviera haciendo.

—¿Entonces qué era?

—Creo —dijo Aluph cogiendo lentamente el abrigo de Pin— que te metió algo en él —añadió, y sacó con un gesto de satisfacción una manzana plateada.

—¡No me lo puedo creer! —exclamó la señora Hoadswood dando un grito ahogado—. ¡Pin se ha salvado del Asesino de la Manzana Plateada!

28

Artículo publicado en

The Urbs Umida Daily Chronicle

UNA HUIDA AFORTUNADA
por
Deodonatus Snoad

Mis queridos lectores:

Estoy seguro de que a estas alturas muy pocos de vosotros no habéis visto, o al menos oído, el milagro ocurrido hace dos noches cuando el río Foedus, después de gruñir durante horas, cesó de hacerlo congelándose por completo. Se ha confirmado que la capa de hielo tenía al menos tres palmos de grosor y la superficie ya se ha llenado de paraditas ambulantes vendiendo toda clase de artículos: ligueros y encajes, bebidas calientes y panecillos, bocadillos de jamón y, por supuesto, de artistas ofreciendo algún espectáculo. Por lo que tengo entendido, nuestro lanzador de patatas ha estado exhibiendo su dudosa habilidad a todo el mundo.

Pero incluso en medio de estas actividades y pasatiempos, hay asuntos mucho más importantes que tratar. Urbs Umida es sin duda (y no es mi intención ofender a ninguno de vosotros, unos ciudadanos de primera) una ciudad abominable que existe en unos funestos tiempos. Una ciudad habitada por criaturas horripilantes y perversas, algunas de ellas apenas reconocibles como humanas. Una ciudad sin dignidad, una ciudad sumida en la penumbra y la suciedad por la que discurren las apestosas aguas del Foedus.

Y es una ciudad que engendra asesinos.

Es sobre estos engendros de lo que hoy deseo escribir, en especial del Asesino de la Manzana Plateada, que se ha estado cebando en nosotros durante las últimas semanas. Me gustaría reflexionar sobre este «hombre», y digo «hombre» porque no hay ninguna prueba de que sea una mujer o una bestia. Se cree que el sexo débil no posee una mente tan retorcida o la fuerza para cometer unos crímenes tan espantosos. Pero yo no estoy tan seguro de ello, aunque trataré este tema en otra ocasión.

Deodonatus dejó la pluma sobre el escritorio y se recostó en la silla. Frunció el ceño y adoptó un aire despectivo a la vez, lo cual requería una gran concentración. ¿Que las mujeres no podían ser crueles? ¡Qué idea más ridícula! Casi le hizo echarse a reír y lo habría hecho de no haber sentido en su lacerado corazón un profundo dolor al pensar en su propia madre. Su padre le había pegado porque su cara le recordaba sus propios defectos. Pero había sido su madre la que más daño le había hecho. Su tortura había sido distinta. No fue física —no dejaba ninguna marca visible—, sus legados se encontraban en lo más profundo de su ser. Ella lo había incordiado día y noche con sus venenosas miradas y mordaces comentarios. Recordó la última vez que los vio a ambos. Su padre estaba plantado en la puerta con una sonrisa burlona en la cara y una bolsita repleta de monedas en la mano, mientras que su madre, con el labio superior brillándole lleno de saliva, le soltaba sus últimas palabras. ¿Acaso había esperado otra despedida?

—¡Eres un desgraciado! —le espetó—. ¡Un desgraciado deforme! ¡Gracias a Dios que nos libramos de ti!

Sin ni siquiera darse cuenta, Deodonatus se limpió la mejilla en la que todos aquellos años su madre le había estado salpicando con su venenosa saliva. Cogió la pluma y siguió escribiendo.

No necesito deciros quién en mi opinión es el responsable de estos violentos actos. Llevo mucho tiempo creyendo que el Asesino de la Manzana Plateada y el fugitivo Oscar Carpue son la misma persona. No es tan peregrino pensar que un hombre enfurecido por el dolor (de la pérdida de su esposa) se trastorne y pierda la cordura. Por eso pasa desapercibido entre la multitud, se hace invisible, ya que Dios sabe que esta ciudad está llena de dementes.

En cuanto a su móvil, creo que es la locura. Pero en mi opinión esté loco perdido o cuerdo, lo más importante es descubrir por qué estos crímenes están ocurriendo. Y para ello debemos procurar comprender al asesino mejor. Está intentando decirnos algo. Al menos con la manzana plateada.

Me han sugerido que tal vez crea estar haciéndole un servicio a la sociedad, limpiando las calles de indeseables. Pero por ahora las víctimas han sido simples ciudadanos. La primera fue una lavandera, la segunda un deshollinador, la tercera un barrendero, la cuarta un carbonero, la quinta una criada, la sexta un vendedor ambulante de ginebra, la séptima un fabricante de peluquines y la octava, la más reciente, la que estalló, un hombre corriente.

Por lo que sé, el policía del barrio, el estimable George Coggley, piensa que los asesinatos son fortuitos, que las víctimas han tenido simplemente mala suerte y aún no ha hecho ninguna conexión entre las ocho. Pero yo sugiero que debe de haber una. E incluso me atrevería a decir que si damos con ella podremos acabar con estos espantosos actos de violencia.

Mi pregunta es la siguiente: ¿han hecho estas personas sin saberlo algo que ha ofendido al asesino? ¿Han provocado sin querer su propia trágica muerte? E incluso iré más lejos aún. ¿Son culpables de la suerte que han corrido?

Me gustaría concluir el artículo con una sorprendente noticia. Me he enterado por una de mis fuentes que hace dos noches el Asesino de la Manzana Plateada no se salió con la suya. La víctima, un joven, estuvo a punto de perecer en sus manos. Fue arrojado al río, y mientras caía y se preparaba para la fatal inmersión, creyó que no iba a contarlo. Pero la Buena Suerte, la fémina más caprichosa que nunca ha existido, le sonrió, porque el chico no aterrizó sobre el agua, sino sobre el hielo. ¡Quién iba a pensar que justo cuando el agua se congelaba un chico caería al río! De haberle ocurrido unos segundos antes se habría quedado atrapado bajo el hielo. Lo que podría haber sido fácilmente el instrumento de su muerte se convirtió en su salvación. Lo que es medicinal para unos es venenoso para otros. Y si el chico tuvo tanta suerte, ¿por qué el asesino tuvo en cambio tan mala pata? Como muy bien dice el refrán, nunca sabes de qué lado soplará la suerte.

Hasta la próxima,

Deodonatus Snoad

Deodonatus se frotó la cabeza. Estos días se sentía cansado, tanto física como anímicamente. Cogió las dos hojas de papel y se dirigió al fuego. Se sirvió un vaso de cerveza de una jarra que dejaba junto a la chimenea y se sentó con una mirada pensativa en su horrendo rostro. Urbs Umida. La ciudad se había convertido en su hogar y había triunfado en ella. Pero despreciaba a sus habitantes, a todos, porque, pese a lo que dijeran o hicieran, sabía que si ellos, «sus queridos lectores», le veían, retrocederían horrorizados como todos los demás lo habían hecho durante toda su vida.

—¡Se merecen al Asesino de la Manzana Plateada! —dijo con una cierta malevolencia.

Deodonatus sacudió la cabeza con fuerza, como si quisiera librarse de estos pensamientos, pero lo único que consiguió fue que le doliera más aún la mollera. Lanzó un suspiro y empezó a revisar las hojas que acababa de escribir. Mientras las leía, de pronto cambió de expresión, como si acabara de descubrir algo que saltaba a la vista.

—¡Nunca aprenderán! —masculló entre dientes.

Las palabras «Aunque tengan oídos, no oyen» eran tan ciertas hoy día como en el siglo en que Esquilo las escribió.

Deodonatus vació el vaso de cerveza y ordenó por encima su habitación, volcando sin querer un botecito que había en el escritorio. Soltando una palabrota, limpió el líquido derramado sin esmerarse demasiado. Después volvió a sentarse y se sacó el reloj del bolsillo para ver qué hora era.

—Mmmm —musitó—, va a llegar pronto.

Cogió de la repisa de la chimenea *Cuentos de hadas y duendecillos traviesos de Houndsecker*. El libro se le escurrió entonces de las manos y cayó abierto al suelo por una página muy leída: «Érase una vez una bella princesa que tenía todo cuanto pudiera desear...»

29

Diario de Pin

Es muy tarde, más de medianoche, pero debo escribir esto ahora. Tengo que hacer una confesión. Esta noche he hecho algo que me pesa en la conciencia, tiene que ver con el engaño y el fingimiento. Reconozco que me avergüenza escribirlo, pero siempre he creído que este diario debía contener mi historia entera y no sólo las partes que quiero que los demás conozcan.

Desde que caí al Foedus hace unos días y escapé sin saberlo de las garras del Asesino de la Manzana Plateada, he estado pensando largo y tendido sobre el trato que he hecho con Juno. Y cuanto más pienso en él, más claro lo tengo. Mi futuro no está en esta ciudad. Lo único que me queda por resolver es: ¿me iré con la respuesta que ansío conocer —si mi padre es inocente o culpable— o no?

Se me está acabando el tiempo. Para intentar desentrañar el misterio del Mago de los Huesos, he ido a ver de nuevo a Madame de Bona, pero sigo igual que antes, sólo que ahora con seis peniques menos. Madame de Bona representó su papel a la perfección. Benedito realizó la ceremonia y Juno creó el ambiente, porque eso es lo que hace con las hierbas, tapar los abominables olores de la taberna. Desde el piso de arriba incluso se huele el tufillo de la Bestia Glotona. Pensé que quizá Juno debía agitar el frasquito un poco menos —el aroma es muy fuerte—, aunque supongo que yo tengo el olfato más fino que la mayoría. Nunca voy a creerme que la resurrección de los cadáveres sea real. Mi padre siempre me decía que en este mundo hay una respuesta para todo si la buscamos. Pero ¿acaso tengo alguna prueba de que sea un truco? Incluso Deodonatus Snoad parece convencido de que es real.

En todo el día no me he podido sacar de la cabeza este asunto de los huesos y los cadáveres, y he estado tan distraído que incluso el señor Gaufridus me ha dejado marchar antes. No es la primera vez que lo hace. A veces creo que no es más que una excusa para librarse de mí y trabajar en algún aparato nuevo. Le gusta mantenerlos en secreto hasta que los ha acabado de construir. Es muy fácil saber cuándo tiene algo entre manos, porque es un trabajador muy poco cuidadoso. A menudo me encuentro materiales que no tienen nada que ver con los ataúdes: tornillos y arandelas, eslabones engrasados de cadenas y otras cosas parecidas. Sospecho que esconde los aparatos a medio hacer en la Cella Moribundi.

Al volver antes de la hora a la pensión de la señora Hoadswood, oí por casualidad una conversación muy interesante. Cuando me detuve como de costumbre en las escaleras para saborear el aroma de la cena, oí a Benedito y Juno discutiendo en el piso de abajo. Deduje que debían estar solos porque la conversación era acalorada y franca. Sabía que no debía escucharla, pero aunque lo intenté mis pies se negaron a subir las escaleras. Benedito estaba tratando de convencer a Juno para que reviviera a un muerto en otra sesión privada. Ella se negó en redondo.

—Acordamos que Sybil sería la última —dijo con firmeza—. Además, ¿y si hay otra persona velando al difunto? ¿Tendremos que drogarla como a Pin?

—No la habrá —afirmó Benedito—. Ese tipo me aseguró que su familia se alegraría de nuestra presencia. Lo único que desean es despedirse por última vez de su pobre padre, que murió repentinamente. No es demasiado pedir, Juno. La próxima semana te habrás ido y ya no tendrás que hacer otra sesión nunca más. Hazle este último favor a un anciano que odia ver sufrir a los demás.

Juno se quedó callada durante un rato. Tenía debilidad por Benedito y no me sorprendí cuando transigió.

—De acuerdo —accedió—, pero te juro por la memoria de mi padre que es la última vez.

Benedito pareció alegrarse con el trato y acordaron ir directos desde el Dedo Ligero a una dirección al otro lado del puente, donde la familia y el difunto estarían esperándoles. Entonces fue cuando se me ocurrió una idea. <u>¿Y si les sigo para ver cómo reviven al muerto?</u>, me dije. No podía perderme la oportunidad de presenciar otro acto extraordinario de la magia de los huesos. Tal vez me permitiera resolver el acertijo de una vez. Cuando ya me había hecho estos planes y estaba a punto de bajar las escaleras, Juno volvió a hablar.

—Pin me ha preguntado si puede acompañarme cuando me marche —comentó.

—¿Ah, sí? Es un buen chico, leal y trabajador —repuso Benedito.

Ella hizo un ruido como si no estuviera tan segura de ello.

—Temo que me entorpezca en mi objetivo. Cuando me marche de aquí, lo único que quiero es alcanzarlo.

—Pues a mí me parece —dijo Benedito lentamente— que los dos estáis buscando lo mismo.

Oí rechinar una silla en el suelo y, suponiendo que alguien iba a salir de la habitación, subí silenciosamente las escaleras y me fui a la mía. Al cabo de poco, oí abrirse la puerta de la habitación de Juno y unos momentos más tarde me llegó el aroma de las hierbas que quemaba, no las que la ayudaban a dormir, sino a relajarse. A estas alturas ya conocía algunas de las combinaciones.

Les esperé sin que me vieran cerca del Dedo Ligero a las nueve, y justo cuando oí que las campanas de la iglesia tocaban la media, la puerta que daba al callejón se abrió y salieron Juno y Benedito por ella. Los seguí con precaución hasta el otro lado del puente. ¡Qué agradable era respirar el aire limpio de la parte norte y caminar por unas calles tan anchas e iluminadas! Por desgracia, no era fácil pasar desapercibido y tuve que seguirles desde lejos. Al cabo de poco Juno llamó a la pulida puerta de una mansión construida en una plaza muy bien cuidada.

Aguzando el oído, distinguí un breve intercambio de palabras antes de que les invitaran a entrar. Parecía que a diferencia de lo acontecido en el caso de Sybil, ahora Juno y Benedito no estaban haciendo las cosas a escondidas. Pues al menos los familiares les habían dejado pasar. ¡Pero a mí no me iban a dejar entrar en su casa! ¡Y menos aún en su velatorio! Bajé las escaleras de hierro que daban a la planta baja y, por suerte, en aquel momento una joven que ayudaba en la cocina salió de ella con un cubo para el carbón. Me escondí rápidamente y en cuanto se puso a hurgar en la carbonera me colé dentro.

Me encontré en un estrecho pasillo que daba a unas escaleras, por un lado, y supuse que en el otro estaría la cocina. Oí el susurro de las borlas de los zapatos puntiagudos de Benedito antes de verlo a él y a Juno en lo alto de las escaleras y me escondí detrás de una puerta que había a mi derecha. Volví a tener suerte, porque a la luz de los cirios comprendí que estaba en la misma habitación en la que reposaba el difunto. Oí voces en el pasillo y me oculté en un gran arcón que había junto a la pared justo cuando la puerta se abría.

El arcón, que contenía mantas y ropa blanca, era un lugar lo bastante cómodo en el que esconderme. Hice con el dedo un agujerito en un nudo medio suelto de la madera y espié por él la habitación con el ojo verde, decidido a observar la sesión atentamente para descubrir cómo Benedito hacía la magia. En la mesa que se alzaba frente a mí yacía el cuerpo de un anciano. Unos segundos más tarde dos jóvenes vestidos de negro hicieron pasar a Benedito y Juno a la habitación. Les siguió una anciana que también iba de luto. Por las cejas oscuras y los ojos separados supuse que los dos jóvenes eran hijos de la mujer. Parecían estar de buen humor dadas las circunstancias e incluso rieron y bromearon un poco. El dolor afecta a la gente de distinta forma —lo he aprendido del señor Gaufridus—, pero había algo en aquel trío que me inquietaba. Tenía la impresión de que no era lo que parecía.

Al principio todo fue como era de esperar. Benedito y Juno, con el labio superior brillándoles por el ungüento que se habían aplicado, representaron sus respectivos papeles y pronto olí el aroma del frasquito de Juno, aunque al estar escondido en el arcón me llegaba muy difuso.

Decidido a conservar la cabeza clara me cubrí la boca y la nariz con un trapo de lino para la cristalería y me llevé una grata sorpresa al ver lo eficaz que era. Aquella poción invocadora siempre me había parecido empalagosa. Benedito levantó los brazos y pronunció las palabras que ahora yo ya conocía. Debo decir que los dos ofrecieron un buen espectáculo. La levita de Benedito y la barba le daban casi un aire majestuoso y los silenciosos movimientos de Juno aportaban elegancia y solemnidad a la ocasión.

Observé el trío de espectadores y concluí que no parecían estar nerviosos, sino muriéndose de ganas de que la sesión empezara de una vez. Benedito terminó de recitar sus conjuros y esperó con impaciencia el resultado. Los jóvenes y su madre parecían estar totalmente hipnotizados por el cadáver, pero para mi sorpresa el muerto no se movió. Benedito iba a decir algo, pero antes de darle tiempo uno de los jóvenes, el más bajo, pegó un salto hacia delante, agarró bruscamente a su padre por los hombros y lo zarandeó.

—¿Dónde está, maldito carcamal? —gritó—. ¡Dinos dónde lo pusiste!

Juno y Benedito se miraron horrorizados.

—¿A qué te refieres? —oí claramente que Juno le preguntaba.

—¡Al dinero! —terció el otro hijo sin mirarla siquiera—. ¡A nuestra herencia! —añadió acercándose a su padre para zarandearlo también violentamente.

—No sé de qué estás hablando —dijo Juno con seguridad.

Yo estaba empezando a ponerme nervioso. Los dos jóvenes se volvieron cada vez más violentos con su padre y el pobre mostraba ahora un aspecto desaliñado. El cabello peinado antes hacia atrás y engominado estaba ahora alborotado, y tenía el cuello de la camisa abierto y el nudo de la corbata deshecho. Un brazo le caía a un lado de la mesa. El señor Gaufridus se habría llevado un buen disgusto al ver a un apreciado cliente en semejante estado, y por «cliente» me refiero al difunto. Hacía tiempo que había descubierto que mi patrón se pasaba mucho más tiempo con los muertos que con los vivos. En cuanto a mí, nunca había visto mostrar tanta rabia por una persona, muerta o viva.

Benedito intervino al final.

—Por favor, señores —exclamó con firmeza—. Debo pedirles que se calmen. Ésta no es forma...

—¡Apártate, vejestorio! —le soltó el primer hijo agarrando las solapas de la chaqueta de su padre—. ¡Dinos dónde está! —gritó.

Pero el cadáver no dijo ni pío.

—¿Por qué no nos lo dice? —preguntó la madre, y su tono de voz sonaba asombrosamente amenazador para una anciana que parecía tan frágil.

De pronto dio un paso hacia Benedito.

—¡Usted nos aseguró que los muertos decían la verdad! —le espetó señalándole acusadoramente con el dedo.

—Sí, ya lo sé, pero se supone que no se los debe tratar así. Hay que respetar a los muertos —repuso.

—¿Que hay que respetar a los muertos? —chilló la anciana—. En alguna parte hay una fortuna en monedas de oro y este roñoso bribón se ha muerto sin decirnos dónde la ha escondido, ¿y usted sólo sabe decir eso?

A Benedito eran los vivos y no los muertos los que ahora le preocupaban, en concreto él y Juno, que se agarraba con fuerza de su brazo.

—¡Larguémonos! —le dijo ella entre dientes, inquieta—. ¡Ahora mismo!

Yo vi, cada vez más asustado, cómo salían los dos apresuradamente de la habitación.

—¡Sinvergüenzas horteras y apestosos! —vociferó la madre cruzando la puerta como loca tras ellos—. Sabía que no debía confiar en vosotros. No esperéis que os pague por esta chapuza. ¡Podría llevaros a juicio a los dos por embaucadores!

Yo deseé con toda mi alma irme también de allí. Pero me quedé muerto de miedo en el arcón. Los dos hijos, comprendiendo que por más que zarandearan a su padre no iba a decirles dónde estaba el oro, se apartaron de él y se pusieron a discutir sobre su desaliñado progenitor.

—¡Sabía que no iba a funcionar!

—¡Si fue idea tuya!

—¡Pero qué dices!

Y naturalmente también llegaron a las manos, y todo cuanto yo podía hacer era esperar y mirarles. Lucharon durante lo que me pareció una eternidad. En un determinado momento rodaron hasta el arcón lanzándolo hacia atrás del golpe. Luchaban con artimañas: se tiraban del pelo, se daban golpes bajos y, por supuesto, se zarandeaban violentamente. Cuando creí que iba a llegar la sangre al río, su madre los separó y les dio un buen cachete a cada uno. El trío salió de la habitación sin haberse vuelto más pobre ni más sabio.

Me quedé petrificado en el arcón durante no sé cuánto tiempo por miedo a que volvieran. Al final reuní el valor para salir de él, abandoné la casa y subí las escaleras de hierro volando como la piedra de un tirachinas. No dejé de correr hasta llegar a la calle del Portón de los Chipirones. Aquella agitada sesión me decepcionó profundamente. Una vez más no había logrado resolver el misterio.

30

Ten cuidado con lo que deseas

La siguiente noche Pin se encontraba junto a la puerta de la habitación de Juno otra vez. El viento traía de fuera las risas de la multitud que paseaba sobre el Foedus helado. *Al menos ahora que el agua se ha helado no suelta aquel pestazo,* pensó con ironía. Se había recuperado increíblemente bien de sus recientes peripecias, tanto de la conocida —su huida del Asesino de la Manzana Plateada— como de la secreta: la terrible experiencia en el arcón de la ropa blanca.

Llamó a la puerta, pero nadie le contestó. Como estaba ligeramente entreabierta asomó la cabeza con precaución medio esperando ver a Juno dormitando en la cama, pero era evidente que la habitación estaba vacía. La chimenea ni siquiera estaba encendida. Notó el fragante aroma de la joven en el aire y lo aspiró profundamente. Era reconfortante, pero de pronto se acordó de todos los otros olores y le entraron ganas de oler sus hierbas. Incluso vio el maletín de Juno debajo de la cama.

—No debería —dijo en voz baja—, pero no creo que le importe por una vez.

Pin se arrodilló y sacó el maletín sabiendo que la chica podía volver en cualquier momento. Lo abrió y examinó las diversas bolsitas llenas de fragantes ingredientes, las pociones y los ungüentos perfectamente ordenados. ¿Dónde estaban las que buscaba? Había visto un montón de veces a Juno triturando las hierbas con el mortero y sin embargo aún no las sabía reconocer. Tendría que olerlas, pero en el maletín había tantos olores que confundían a su olfato. En el fondo, metido en un bolsillo del maletín, encontró el frasquito en forma de lágrima, pero estaba prácticamente vacío. Por curiosidad lo destapó y se lo llevó a la nariz. Al instante sintió el potente efecto del maravilloso aroma de una intensidad casi inaguantable.

Se echó en el suelo durante un rato mirando el techo. La habitación era como si ahora creciera y se encogiera y veía las cosas más diminutas como a través de una lupa. En el rincón, donde la pared se unía con el techo, aunque a Pin le parecía que estuviera sólo a un palmo de distancia, vio una arañita marrón posada en su telaraña. Y de pronto ocurrió algo de lo más curioso. La araña se agitó convulsivamente de la cabeza a los pies y la telaraña se puso a girar velozmente. Pin la contempló hasta que la cabeza empezó a darle vueltas.

Sabiendo a duras penas lo que hacía por los potentes efectos del aroma, el chico tapó el frasquito, lo guardó en su sitio y metió el maletín bajo la cama. Pero al ponerse en pie descubrió que sus piernas no le respondían, eran como de goma. Cruzó la puerta tambaleándose y subió gateando la escalera que llevaba a su habitación del altillo. Intentó con todas sus fuerzas subirse a la cama, pero no lo logró. Sacudió la cabeza e intentó centrarse, pero lo último que vio fue una potente luz iluminando la habitación. La luz estalló de pronto en un millón de pedacitos y, cegado por la lluvia de rayos quebrados, Pin se desplomó y quedó tendido en el suelo temblando y sonriendo sumido en un extraño sopor.

Había alguien junto a la puerta. Pin se sentía confundido. A pesar de estar deslumbrado por la potente luz, sabía quién era. ¿Podía ser la luz del sol entrando por la ventana? Se incorporó y se cubrió los ojos, el corazón le dio un vuelco como si fuera un pajarito moviéndose. En lo alto de las escaleras había una figura inmóvil, rodeada de una potente luz, que proyectaba una sombra en el suelo como una mancha oscura.

—¿Quién está ahí? —preguntó Pin, sorprendiéndose al oír el sonido de su propia voz.

El desconocido dio un paso adelante.

—¿No me reconoces? —repuso—. ¿Ya no te acuerdas de tu padre?

Pin dio un grito ahogado y sintió una opresión en el pecho. Se levantó respirando entrecortadamente, pero se tambaleó y cayó sobre la cama.

—¿Papá? ¿Eres realmente tú? —Sintió en su garganta un incontrolable deseo de llorar, pero se contuvo. Se le quedó mirando fijamente, pero no podía verle la cara con claridad—. Acércate a la luz, no puedo verte —dijo.

El hombre se acercó lentamente. Era verdad. Su padre había vuelto. Esbozando una sonrisa extendió los brazos para abrazarle. Pin cruzó corriendo la habitación y sintió como si sus pies no tocaran el suelo. Dio un salto y su padre le estrechó con sus robustos brazos.

—¡Creí que no volvería a verte nunca más! —exclamó Pin.

Su padre lo depositó en el suelo y lo apartó un poco para poder contemplarle mejor.

—Has crecido, hijo —dijo.

—Pero si sólo han pasado varios meses desde que te vi, no puedo haber cambiado tanto. Y tú estás igual que antes.

Y era verdad. Oscar Carpue tenía el mismo aspecto con el que Pin lo recordaba la noche que desapareció. Llevaba la misma ropa desgastada y el rostro sin afeitar. A Pin le vinieron un montón de preguntas a la cabeza y le salieron a borbotones.

—¿Dónde has estado? ¿Qué le pasó al tío Fabian? Todos dicen que lo mataste.

Su padre sacudió la cabeza negándolo con tristeza.

—Nunca me lo creí —repuso Pin con firmeza—. Nunca, pero no dejaban de decirlo. Si no lo mataste, ¿por qué te fuiste?

Oscar Carpue se acercó a la cama y se sentó en ella.

—Hijo, tengo una sorpresa para ti.

Pin sintió que el pulso se le aceleraba.

—¿Qué es?

Su padre no le respondió, sólo señaló la puerta sonriendo.

El chico se giró y sintió como si hubiera recibido un puñetazo en el pecho.

—¡Oh, no! ¡No puede ser! —exclamó.

—Así es —dijo con dulzura una voz procedente de las sombras—. ¿No le vas a dar un beso a mamá?

Pin sacudió la cabeza.

—¡No! ¡Vi cómo te enterraban! —exclamó con las rodillas temblándole—. Sé que estás muerta.

La cabeza le daba vueltas. ¿Qué estaba ocurriendo? Se apartó de los dos. Ahora eran unos desconocidos para él.

Pin se despertó al oír que llamaban a la puerta.

—¿Estás durmiendo? —preguntó Aluph.

El muchacho se levantó aterido. Tenía los músculos agarrotados, pero la cabeza clara.

—Pasa —gritó.

Primero apareció por la puerta la punta de la cabeza de Aluph y luego su cara sonriendo.

—¡Ah, Pin! He estado pensando sobre tu encuentro con el Asesino de la Manzana Plateada. Tengo algo que quizá te interese. Baja a mi habitación que te lo mostraré.

—¿Qué hora es? —preguntó el chico, no tenía idea de si era la medianoche o la madrugada.

—Las ocho pasadas. ¿Vas a salir esta noche?

—Sí, de aquí un rato —dijo Pin—. Hoy tengo que velar a un difunto que nos acaban de traer.

—Sólo te entretendré un momento —dijo Aluph.

Pin, sintiéndose aún un poco raro, pero alegrándose de olvidarse de su extraño sueño, le siguió. Al pasar por delante de la puerta de Juno, no pudo evitar echarle una ojeada, pero no se oía ningún ruido del interior. Cuando llegaron al piso de abajo, Aluph dejó la puerta abierta para que su amigo pasara, pero al entrar Pin se paró en seco al ver lo más extraño que había contemplado en toda su vida.

—¡Demonios!

Y esta exclamación le salió que ni pintada, ya que ante él, en el estante de la pared del fondo, ordenada por tamaños que iban aumentando de derecha a izquierda, había una colección de veintidós calaveras sonriendo macabramente.

31

Una extraña colección

—Cierra la puerta, por favor —dijo Aluph con una expresión traviesa en sus ojos azul celeste.

Pin cerró la puerta tras él sin apartar los ojos de la horripilante colección que tenía ante las narices. Lucir una calavera en tu habitación quizá se considere aceptable, pero veintidós (el chico las había contado dos veces) sólo se podía considerar…

—¡Increíble! —exclamó dando un grito ahogado.

Aluph sonrió violento y complacido a la vez.

—Es una colección muy especial —observó eligiendo una calavera de la hilera de en medio. La sostuvo en la palma de la mano izquierda, acariciando con la derecha el hueso suave y amarillento del cráneo.

—Pero ¿de dónde las has sacado? —preguntó Pin nerviosamente.

—¡Oh!, querido muchacho —se apresuró a decir Aluph—, no te asustes. No se ha cometido ningún crimen para conseguirlas, te lo aseguro. Las he obtenido de la Facultad de Anatomía que hay junto al río, después de que ellos ya no las necesitaran.

—¿Ellos?

—Los cirujanos —repuso Aluph.

—¿Te refieres a después de que hubieran terminado de diseccionar los cadáveres?

—Sí, sí —afirmó Aluph alegremente como si no tuviera la menor importancia—. Por supuesto sólo me quedo con las que no han trepanado. Necesito que el cráneo este intacto. En cuanto los cirujanos han acabado sus demostraciones o sus investigaciones, o cuando ya han adquirido cualquier conocimiento quirúrgico que necesiten, se desprenden de ellas. Pero yo conozco a un tipo que me las guarda. Aunque primero las hierve a fin de limpiarlas.

—Pero ¿de quiénes son?

—De criminales —repuso Aluph con total naturalidad—. De presos condenados a la Esquina de la Horca o que murieron en Irongate.

—¡Claro! —dijo Pin. Todo el mundo sabía en la ciudad que a la Facultad de Anatomía le permitían usar los cadáveres de criminales para que los estudiantes y otros miembros de la profesión pudieran demostrar sus habilidades quirúrgicas (o la falta de ellas).

Pin ahora sentía la suficiente curiosidad como para acercarse a las calaveras y tocar una.

—Pero ¿para qué las usas? —preguntó.

—Como ya sabes, practico la ciencia de la topografía craneal —respondió Aluph—. Me conozco cada centímetro de estos cráneos. Ponme a prueba si quieres.

Pin soltó una risita forzada.

—Muy bien. Cierra los ojos.

Aluph le obedeció y el chico cogió una calavera del estante y se la puso sobre la palma de la mano, ofreciéndosela. El hombre palpó el suave cráneo y al instante declaró que era el séptimo empezando por la izquierda, y Pin comprobó que había acertado. Volvió a hacer lo mismo con cuatro calaveras distintas y el topógrafo craneal las reconoció todas con la misma precisión.

—¡Qué asombroso! —exclamó Pin, y Aluph hizo una reverencia—. ¿Qué significa esto? —preguntó el muchacho cogiendo la última calavera del estante, la más grande. La superficie del cráneo estaba dividida con tinta negra en diferentes regiones y en cada una había una letra.

—¡Ah! Las letras indican la ubicación de las distintas características de una persona —le explicó Aluph—. Observa ésta —añadió ofreciéndole una calavera.

Pin palpó la parte marcada con una *D*.

—Y ahora palpa ésta —dijo el experto en cráneos dándole otra.

—¡Oh!, el bulto en una es más grande que en la otra —exclamó Pin sorprendido—. ¿Y qué significa esta letra? —preguntó señalando la *X*.

—La rabia —repuso Aluph—. En lenguaje sencillo se podría resumir en que el propietario de este cráneo tenía muy mala uva.

—Tal vez por eso se metió en problemas —sugirió Pin.

—¡Exactamente! —afirmó Aluph—. Quiero reunir una buena colección de calaveras para demostrar cada variación en la topografría del cráneo humano. Sé que algunos se burlan de mí y reconozco aprovecharme de la estupidez de los ricos…

—¡Se lo merecen! —le interrumpió Pin afirmándolo con ganas.

Aluph le agradeció su apoyo con una sonrisa.

—Pero es mi forma de ganarme la vida y no pienso disculparme por ello —prosiguió—. Aunque esta ciencia tiene otro aspecto mucho más serio. Imagina si se pudieran conocer desde la temprana infancia las verdaderas inclinaciones de una persona, en tal caso yo podría salvarlas de ellas mismas —a Aluph se le llenaron los ojos de lágrimas y en este instante Pin lo vio bajo otra luz.

—¿Te refieres a que si pudieras decirle a una persona que iba a ser mala a lo mejor cambiaría?

El hombre sonrió irónicamente.

—Sí, eso es lo que propongo.

Pin observó detenidamente las calaveras durante un buen rato.

—¿Sabes los crímenes que estas personas cometieron?

—¡Qué más quisiera yo! —repuso Aluph—. Si lo supiera, sería muy interesante ver cómo el cráneo se corresponde con el crimen. Pero no te he hecho venir para charlar de calaveras —observó volviéndolas a poner en su sitio cuidadosamente, girándolas de una en una un poquito para asegurarse de que miraran en la misma dirección—. Quería enseñarte esto.

Dejó una hoja de papel sobre el escritorio y la aplanó. Contenía un texto escrito en negrita y en letra normal con distintas fuentes tipográficas. En la parte de abajo había la pequeña y detallada imagen de un objeto.

Pin dio un grito.

—¡Santo cielo! Es el bastón que te hace brincar.

The Urbs Umida Daily Chronicle

OFRECE A PRECIO DE GANGA UN **INVENTO ÚNICO**
Y TOTALMENTE NUEVO

El bastón rotatorio por fricción

Para controlar el ganado, los cerdos
y otros animales domésticos,
las esposas y los maridos infieles, etc.

¡Divierta a sus amigos! ¡Deje estupefacta a su familia!

Posibles usos medicinales
(a su cuenta y riesgo) de fácil aplicación

UNA VERDADERA GANGA por sólo **CINCO CHELINES**

Solicítelo previo pago en el *Chronicle*
Lo recibirá en siete días

NO LE DEFRAUDARÁ
(NO SE ADMITEN DEVOLUCIONES)

32

Diario de Pin

¡Qué tipo más fascinante es el señor Buncombe! Esta noche, cuando estaba en su habitación, me ha sugerido una idea muy interesante, me ha dicho que si el carácter de una persona se aprecia en los bultos de su cabeza, quizá se pueda cambiar entonces el camino que ha elegido en la vida. A mí me ha parecido una idea genial, pero he alegado que tal vez esa persona no quiere que la aparten del mal camino, que a lo mejor prefiere ser un criminal. Aluph ha cavilado en ello un buen rato y ha tenido la gentileza de admitir que su teoría tiene sus problemas. Pero ha concluido que en tal caso a esa persona hay que meterla en la cárcel en el acto tanto por su bien como por el de los demás. Debo decir que si Aluph está en lo cierto, Urbs Umida sería un mejor lugar, aunque tal vez necesitaría entonces disponer de más cárceles.

Aluph siempre parece lamentar la profesión a la que se dedica y ahora lo entiendo: tiene que leerle la cabeza a todas esas frívolas damas cuando preferiría trabajar en teorías científicas. Pero todos necesitamos ganarnos la vida. Le he consolado diciéndole que les está dando exactamente lo que quieren. ¿Qué mal hay en ello? Esta noche he descubierto algo incluso más interesante que la colección de calaveras de Aluph. Me ha enseñado un anuncio rarísimo del Chronicle sobre un invento llamado «bastón por fricción». Y cuando creía que ya no podía sorprenderme más, me he quedado atónito al ver que sacaba uno del armario.

—Lo compré hace poco por diversas razones —dijo—. Pero también pensé que me serviría para protegerme en la calle, sobre todo con ese asesino andando suelto.

El bastón por fricción es un objeto fascinante. A primera vista parece un bastón para andar, pero en uno de los extremos tiene una punta de metal, creo que de latón, y en el otro un mecanismo con varios piñones y ruedecitas dentadas. En las ruedecitas hay una manija que, al accionarla, hace que un pequeño disco de cristal empiece a girar. Aluph presionó la manija y el bastón emitió unos espeluznantes chirridos; al oírlos se me heló la sangre en las venas.

—¡Éste es precisamente el ruido que oí antes de que el Asesino de la Manzana Plateada me hincara el bastón en el pecho! —dije.

Los dos contemplamos las ruedas dentadas girando a mayor velocidad cada vez y una lluvia de chispas volando por la habitación.

—Estos giros generan una especie de campo energético —explicó Aluph—. Es invisible, pero si tocas la punta metálica del bastón, ya sabes lo que te ocurre.

Lo sabía perfectamente y aún tenía en el pecho la quemadura que lo demostraba.

—Es potentísimo incluso cuando las ruedas empiezan a girar —observó Aluph.

Nos quedamos en silencio un buen rato. Ahora sabíamos cómo cometía los crímenes el asesino, pero ignorábamos su identidad o el motivo. Recordé el momento en que el desconocido había acudido en mi ayuda saliendo de la niebla. Al ver su bastón creí que lo usaba para apoyarse. ¡Qué equivocado estaba!

—Para bien o para mal, creo que debemos pasarle esta información al policía Coggley —sugirió Aluph—. Esta noche tengo una cita, pero al volver pasaré a verlo.

Me despedí de él y salí lleno de excitación. Fui directo a la habitación de Juno —tenía que contarle lo que había visto y averiguado—, pero como no me respondió, volví a la mía, esperando que regresara antes de que yo me fuera a trabajar.

La noche transcurrió lentamente. Me senté junto al fuego sumido en mis cavilaciones y pensé en lo que me había ocurrido los últimos días. Aún tenía muy presente mi fatídico encuentro con el Asesino de la Manzana Plateada, pero aunque me estremeciera al recordarlo, al menos me había servido para algo. Ahora sabía que el Asesino de la Manzana Plateada no era mi padre. Aparte de ser impensable que mi progenitor intentara matarme a mí, su único hijo, había la diferencia de altura. ¡El Asesino de la Manzana Plateada era casi un palmo más bajo que él! Como es lógico, también estuve pensando en el contenido del maletín de Juno y en los inquietantes efectos que me produjo su poción. Decidí en ese instante no volver a aspirar sus frasquitos nunca más.

En el cálido ambiente de la habitación, los ojos se me empezaron a cerrar y me sumí en un sueño lleno de calaveras sonriendo macabramente, montones de nieve, tumbas, frasquitos y bastones con ruedas dentadas.

De repente me desperté sobresaltado. ¿Cuánto tiempo había estado durmiendo? Por el olor que penetraba en mi habitación, supe que Juno había vuelto. Cogí el abrigo y la gorra y bajé a verla.

—Juno, sé que estás ahí —dije entre dientes llamando a la puerta—. Déjame entrar. Es importante.

Hubo un largo silencio, pero al final la puerta se abrió y ella asomó la cabeza medio dormida.

—¡Oh, eres tú! —exclamó dando un paso atrás para que entrara. En la habitación había una densa humareda blanca y me acordé de mi incursión en ella. Pero no era el momento más indicado para confesárselo.

—¡Demonios! ¿De dónde sale todo este humo? —le pregunté tosiendo y agitando los brazos para apartarlo—.

Apenas puedo ver nada. —Fui directo a la ventana y la abrí. Entró una ráfaga de aire frío y la espesa humareda se dispersó en la oscuridad de la noche—. Esto no puede ser bueno para ti —le advertí.

—No podía dormir —musitó Juno.

Cuando me di la vuelta, vi que el labio superior le brillaba y supe que se acababa de aplicar el ungüento. Los ojos le volvieron a brillar al instante y sus mejillas recuperaron el color. Se puso a temblar de frío y cerró la ventana.

—¿Qué quieres? Es muy tarde —dijo hablando ahora con fluidez, como si nada hubiera sucedido. En ese instante se me ocurrió que el ungüento tenía que ver con que se hubiera despejado de golpe. Y si era así, pensé irónicamente, yo también podría haberlo usado.

—Tengo que decirte algo sobre el Asesino de la Manzana Plateada. Utiliza un bastón por fricción.

—¿Un bastón por fricción?

—Genera electricidad, la suficiente para producirte una quemadura y hacerte perder el sentido —me moría de ganas de contárselo todo, pero las campanas de la iglesia estaban tocando la hora de ir a trabajar—. Escucha, ahora no tengo tiempo de contártelo todo. Tengo que ir a la Cella Moribundi —exclamé.

—Entonces iré contigo. Te haré compañía —repuso Juno envolviéndose con la capa, y luego salió de la habitación y se quedó esperando, como de costumbre, que yo la siguiera.

33

Bultos en la noche

Aluph Buncombe aceleró el paso y maldijo el helado frío. La calle estaba muy oscura, sólo la iluminaba una farola, y aunque no pudiera verla, sabía que la gente lo espiaba desde los oscuros portales. Un poco más arriba de la calle se abrió de par en par la puerta de una tabernucha y dos hombres salieron disparados por ella para seguir con su trifulca en la alcantarilla. Aluph vaciló. Se estaba arrepintiendo de haber aceptado la invitación de leer una cabeza. Prefería mil veces la otra parte del río. Al margen de lo que pensara sobre los norteños, al menos los barrios de aquella zona eran lujosos.

Pero él era un hombre de palabra. Había mandado decir que ya iba de camino y era demasiado tarde para dar media vuelta y regresar a la pensión. Dándose ánimos, se dirigió a zancadas al número quince fingiendo una gran seguridad. Llamó a la puerta y esperó. Al cabo de un minuto la puerta se abrió lentamente y Aluph esbozó su mejor sonrisa a la vieja bruja plantada en el umbral.

—¿Sí? —dijo la anciana con voz ronca.

—Vengo a ver al señor Snoad.

—¿Qué dice?

—¡El señor Snoad! —gritó él, sólo a unos centímetros de las orejas llenas de cerumen de la mujer.

—Suba al piso de arriba.

—Muchas gracias —repuso Aluph levantándose el sombrero a modo de saludo y entró y cerró la puerta tras él. Al instante sintió arrepentimiento, miedo y náuseas. En el estrecho corredor flotaba un tufillo que nada tenía que ver con el delicioso aroma de la pensión de la señora Hoadswood. Las paredes estaban pegajosas y el suelo era blando bajo sus pies, pero no se atrevió a bajar la vista. No quería saber qué era lo que estaba pisando.

—Buenas noches —dijo un escurridizo tipo saliendo de la habitación de la izquierda. Al pasar por su lado el desconocido se pegó a él y Aluph se agarró la cartera instintivamente. Y tuvo toda la razón del mundo, porque sintió unos dedos deslizándose por su chaqueta mientras se cruzaban. El choricero soltó una carcajada y salió sigilosamente a la calle. El experto en topografía craneal respiró aliviado.

¡Es la primera y la última vez que hago una sesión en este barrio!, se dijo mientras subía las escaleras. *¡Sólo pienso hacerlas al otro lado del Foedus!* Había aceptado ir porque esperaba que a Deodonatus le gustara lo que iba a decirle, en realidad se aseguraría de que fuera así para que hablara bien de él en el *Chronicle.* Pero no se había imaginado que Snoad viviera en una parte tan espantosa de la ciudad. Aluph siempre mantenía que la gente decía maravillas de sus sesiones. Pero ahora se preguntaba si sobreviviría lo suficiente como para oírlas.

Subió las escaleras una a una, bajando el ritmo al llegar a los últimos escalones. En la mitad del pasillo vio la puerta que buscaba, pero antes de darle tiempo a llamar, se abrió lentamente.

—Supongo que es el señor Buncombe.

—A su servicio —repuso Aluph echando un vistazo a la habitación envuelta en la penumbra. ¿Es usted el señor Snoad?

—Así es. ¡Pase! —oyó que alguien decía y la puerta se abrió un poco más.

Su voz era áspera, casi apagada, y no parecía ni norteña ni sureña, pensó Aluph. La habitación apenas estaba iluminada: sólo había dos velas cortas en el suelo y el resplandor del fuego. Se quedó plantado unos segundos en la puerta para adaptarse a la oscuridad. La estancia era espaciosa y, sorprendentemente, estaba muy ordenada, salvó por el escritorio cubierto de periódicos, papeles y tinteros vacíos.

—Pase, pase. Haga su trabajo —oyó que le decía una voz desde un rincón, a la derecha de la ventana, junto al fuego.

—Claro, señor Snoad. ¿Qué quiere saber?

—He oído decir que adivina el futuro palpando los bultos de la cabeza —dijo bruscamente—. Quiero saber lo que me espera en esta miserable vida.

—Bueno, yo no soy un adivino…

—¿Qué es lo que hace entonces? —le interrumpió Deodonatus irritado—. Si no ve el futuro, ¿para qué sirven sus sesiones?

—No estoy diciendo que no pueda verlo —repuso Aluph con precaución, después de todo, si era eso lo que Deodonatus quería, él podía intentarlo—. Pero tenga en cuenta que un análisis craneal adecuado le permitirá ver mejor el camino que tomará en la vida.

—¡Eso es precisamente lo que quiero! Empiece entonces de una vez —exclamó Deodonatus.

Mmmm, pensó Aluph. Eso no era exactamente lo que había esperado. Debía actuar con mucho tiento. Con Deodonatus Snoad no le iban a funcionar los elogios. Era demasiado agudo.

—¿Es posible disponer de un poco más de luz?

—No —respondió el periodista de manera cortante.

Aluph se sintió muy incómodo.

—Ejem…, tiene que pagarme los honorarios de la sesión por adelantado —dijo sin apenas creer que se había atrevido a pedírselo.

—El dinero está sobre el escritorio. Cójalo ahora, pero no me engañe. Sé contar —le soltó Deodonatus.

—¡No se me ocurriría nunca robarle nada, señor Snoad! Sé que aparecería en el *Chronicle* por la mañana —repuso Aluph.

Se dirigió a la mesa y buscó a tientas el dinero. No era la clase de condiciones en las que solía trabajar. Sus manos dieron al fin con una pila de monedas. Al palparlas descubrió que eran chelines. Se los metió en el bolsillo sintiendo un par de ojos sobre él.

—¡Dese prisa! No tengo toda la noche —gruñó Deodonatus.

Aluph se acercó a la silla en la que estaba sentado el periodista. Le habían quedado los dedos pegajosos y se los limpió a escondidas en la pernera del pantalón. En ese momento la luna salió durante algunos segundos y vio la silueta de Deodonatus recortada bajo la pálida luz. Fue una visión extraordinaria. Aquella frente protuberante, la prominente nariz, el mentón huesudo descansando sobre el pecho. Se le cortó la respiración, pero logró mantener la calma.

—¿Podría, por favor, sentarse un poco más adelante? —le pidió advirtiendo que su voz era más aguda de lo normal. Deodonatus lo hizo y él empezó la sesión.

Posó sus manos sobre la cabeza de su cliente.

—¡Qué cabello más maravilloso tiene! —dijo. Hubiera jurado que sentía bichitos correteando por él.

Snoad simplemente gruñó.

—Muy bien —asintió Aluph, aliviado de no tener que hablar de bobadas. Deslizó despacio las yemas de los dedos por el enmarañado y apelmazado pelo, alegrándose de limpiárselos de paso.

—Debajo de la nuca tiene un lóbulo muy prominente.

—¿Qué significa? —preguntó Deodonatus.

—Es un buen signo —repuso Aluph con precaución—. Significa que tiene talento para... para... la información, para comunicar ideas. ¿Cree que la gente le escucha cuando habla?

Deodonatus lanzó un gruñido.

—No hablo con demasiada gente que digamos. En el pasado, cuando lo hacía, descubrí que tenían muy poco que decirme. Preferían quedárseme mirando.

—Como a la Bestia Glotona —observó Alup sin pensarlo—. ¡Qué espectáculo! Seguro que la ha ido a...

Se detuvo en medio de la frase y gimió por dentro. ¿Qué estaba haciendo? Le acababa prácticamente de decir al señor Snoad que se parecía a una criatura famosa por su espantoso aspecto y sus repugnantes hábitos alimenticios.

Deodonatus hizo una mueca despectiva hasta que los labios casi se le pegaron a la nariz, lo cual no era tan difícil como puede parecer, teniendo en cuenta la proximidad de estas dos facciones en su extraordinario rostro.

—La Bestia Glotona. Sí, la he visto y olido —masculló girando la cabeza para contemplarlo con un ojo lloroso. Aluph al ver el rostro de la frente que palpaba no pudo evitar dar un grito ahogado.

Deodonatus carraspeó mosqueado.

—¿Supongo que piensa que las personas pueden dedicarse a contemplar a los menos afortunados que ellas?

—No es que crea que esté bien hecho —repuso Aluph con precaución mientras manoseaba la coronilla de Snoad. Se empezaba a preguntar dónde le llevaría la charla—. Pero es muy divertido y ejem… mmm… es bueno pasárselo bien —concluyó con un hilo de voz.

Ahora Deodonatus tenía el ceño fruncido.

—¿Así que divertido? ¿Le parece divertido mirar a bestias enjauladas sólo porque los que están al otro lado de los barrotes creen que ellos son los normales, y las bestias que están dentro, las raras?

—Bueno, visto de ese modo parece menos aceptable —reconoció Aluph—. ¿Y qué le parece el Mago de los Huesos? —preguntó intentando cambiar de tema rápidamente.

Deodonatus no se había dejado influir.

—¡Bah! No es más que un truco —exclamó—. Ese viejo Benedito Pantagus es un buen actor. Pero ¿qué me dice de la Bestia? ¿No cree que se merece que nos compadezcamos de ella?

En aquel instante Aluph palpó un gran bulto en la cabeza y mientras lo exploraba Deodonatus pegó un berrido que habría resucitado a un muerto. Gritó como un animal herido y se levantó de un brinco de la silla. Al experto en topografía craneal el corazón se le puso a latir con fuerza.

—¡Le pido mil disculpas, señor Snoad! —exclamó retrocediendo asustado—. Un bulto tan inusual debe significar algo.

—Me ha hecho mucho… mucho… daño —masculló Deodonatus al tiempo que se volvía a sentar—. ¿Tendría la amabilidad de no volver a clavarme los dedos en él?

—¡Claro! —repuso Aluph—. Esta zona, hinchada como está, indica que es usted un hombre sumamente sensible a la condición humana.

—¡Ajá! —gruñó Deodonatus ahora de muy mala uva—. ¿Sensible a la condición humana? ¿Yo? ¡Qué curioso es el mundo! Pues no hay ni una sola persona que sea sensible a mi condición. ¿Sabe cómo me llamaban de pequeño?

—No —repuso Aluph deseando con toda su alma largarse de ese miserable lugar y volver a la pensión de la señora Hoadswood.

—Me llamaban el Sapo.

—¿Por qué?

—¿Por qué cree? ¡Porque me parezco a un sapo!

—Quizá todo cuanto necesita sea un beso, ejem… de una princesa —sugirió Aluph. El miedo le había revuelto el cerebro como los huevos revueltos de la sseñora Hoadswood. Deodonatus le respondió con un gran sarcasmo.

—¿Y podría decirme, señor Buncombe, qué princesa estaría dispuesta a darle un beso a una persona como yo? —observó y, levantándose de un brinco, cogió una vela de la pared y la mantuvo en alto. Aluph tragó saliva y retrocedió. Nunca, en toda su vida, había visto nada tan horripilante como la cara deforme de Deodonatus Snoad.

—¡Por Júpiter y los dioses del Olimpo! —exclamó invocando a los clásicos—. ¡Si es más horrendo que la Bestia Glotona!

—¡Aaaaaa! —rugió Deodonatus salpicando las mejillas de Aluph de espumarajos—. Lárgate de aquí…, charlatán de pacotilla—. Quizá sea horrendo, pero no soy bobo. ¡No podrías ver el futuro, aunque lo tuvieras delante de las narices!

Aluph no necesitó que su enfurecido cliente insistiera. Cruzó zumbando la habitación, salió tras abrir la puerta y atravesó el pasillo volando. Mientras bajaba las escaleras de tres en tres le oyó aún rugiendo, gritando y dando patadas en el suelo. Por la ventana Deodonatus observó a Aluph corriendo como un loco por la calle. Después sacó el espejito del cajón del escritorio y lo descubrió. Lo sostuvo lentamente en alto y contempló su rostro. Unos segundos más tarde lo arrojó al suelo, donde se rompió en cien pedazos.

—¡Qué estúpido he sido! —exclamó reprendiéndose.

Miró despectivamente las dos hojas de papel sobre el escritorio. Las echó al fuego. Después se sentó, cogió una hoja nueva del cajón y se puso a escribir. La pluma se deslizó chirriando por la página, rasgando el papel, mientras él mascullaba y farfullaba para sí. Al terminar el artículo, enrolló la hoja, la ató con un cordel y llamó al chico con la manilla. En cuanto el hijo de la posadera se fue a entregarla, Deodonatus —cubierto con la capa, la bufanda y el sombrero— salió a la calle en medio de la noche.

34

Camuflados

Mientras caminaban apresuradamente por el helado pavimento hacia la tienda del señor Gaufridus, Juno puso los ojos como platos soperos cuando Pin le contó los detalles de lo que había visto y oído en la habitación de Aluph.

—Y Aluph se lo va a contar todo a Coggley esta noche —dijo Pin con un gesto de satisfacción.

—¡A Coggley no le iría mal que le hincaran el bastón por fricción! —dijo riendo Juno—. Pero ¿cómo puede el anuncio del bastón ayudarnos a atrapar al Asesino de la Manzana Plateada?

—Estoy pensando que si descubrimos quién vende los bastones quizá podamos dar con el asesino.

Juno arqueó las cejas.

—¿Y cómo vamos a hacerlo?

—Podríamos ir al *Chronicle* y preguntar quién puso el anuncio —sugirió Pin.

La chica dudó de que funcionara.

—Pero puede que el asesino no lo haya comprado a través del periódico, sino de alguien que ya tuviera uno. O quizá... —dijo titubeando— ¡Aluph es el asesino!

Pin se echó a reír sacudiendo la cabeza.

—No, es demasiado alto.

Giraron por la calle Melancolía y Juno aminoró el paso y se cogió del brazo de Pin.

—¿Estás seguro de que el señor Gaufridus no estará aquí?

—Claro —repuso él—. ¡El único que estará esta noche es el muerto! —Pero antes de abrir la puerta con la llave echó un vistazo por la ventana del enterrador para asegurarse. Después entraron sigilosamente, pasando por delante de los pulidos ataúdes y las lápidas de mármol, y bajaron las escaleras que llevaban al sótano, donde Pin encendió una lámpara. Juno echó una ojeada por el taller y vio las herramientas sobre la mesa de trabajo y los ataúdes a medio fabricar apilados uno sobre el otro o apoyados contra la pared. Después se dirigió a la puerta negra de la *Cella Moribundi,* pero no se atrevió a abrirla.

—¿Quién hay ahí?

—Albert —dijo Pin simplemente—. Es un tipo enorme. Aquí está su ataúd. He tenido que hacérselo a medida para que cupiera —añadió señalando un ataúd mucho más profundo y ancho que el resto, que estaba apoyado casi verticalmente contra la pared—. Venga, entremos —dijo impaciente por hacer el trabajo para el que le pagaban.

Juno lo siguió sosteniendo en alto una vela.

—¡Ooh, qué frío hace aquí! —exclamó temblando.

—Te acabas acostumbrando —dijo Pin, y encendió las velas de las paredes. La pequeña habitación se llenó de pronto de sombras temblorosas. Albert, un tipo gigantesco, yacía en la mesa.

Juno se acercó a él para examinarlo de cerca.

—¿Cómo murió?

—Su caballo le pegó una coz en la cabeza, pero nadie lo diría. El señor Gaufridus ha hecho un trabajo excelente —repuso Pin.

Era cierto; Albert H. Hambley tenía una expresión increíblemente serena, teniendo en cuenta lo que había sufrido antes de morir. Juno se acercó a los armarios y los cajones y se puso a abrirlos y cerrarlos, a sacar objetos de ellos y a hacerle a Pin toda clase de preguntas. Él se las respondió sin problemas, siguiéndola y volviendo a ponerlo todo cuidadosamente en su sitio.

—¿Ya estás a punto de resolver el misterio del Mago de los Huesos? —preguntó Juno de pronto blandiendo unos alicates de hierro.

Pin la miró de reojo mientras ordenaba un cajón lleno de agujas «pinchadoras», el nombre les venía que ni pintado, según su longitud y grosor.

—Como ya sabes, aún estoy en ello, pero lo descubriré pronto, te lo prometo.

—Seguramente tienes la solución delante de las narices —observó Juno sin darle importancia y de algún modo enigmáticamente.

—¿A qué te refieres? —preguntó el chico dejando lo que estaba haciendo.

—Ya lo verás.

Quiere que descubra su secreto, pensó Pin con excitación, pero al insistirle no le había sonsacado nada más. Juno siguió hurgando en el cajón.

—Creo que no deberías fisgonear ahí —dijo el muchacho nervioso—, algunos de estos armarios son privados. Ni siquiera yo los abro.

—Vale, pero mira esto. Lo he encontrado detrás del armario —dijo Juno sosteniendo en alto un reluciente artilugio.

Él empalideció y dio un paso atrás.

—¿Qué es? ¿Qué pasa? —preguntó la chica.

Pin sintió como si el corazón le fuera a estallar en el pecho.

—¡Demonios! ¡Es un bastón por fricción! —exclamó con un hilo de voz.

Se quedaron en silencio varios segundos, descubriendo al mismo tiempo lo que aquel fortuito hallazgo significaba.

—¡Santo cielo! —dijo Juno en voz baja—. ¿Crees...?

Pero antes de poder terminar de hablar los dos levantaron los ojos al oír unos pasos en el piso de arriba.

—El señor Gaufridus —dijo Pin entre dientes—. Debe de ser él. ¡Rápido, escondámonos!

Cogiendo a Juno por el brazo, la llevó al taller y la arrastró hasta el ataúd más cercano, que por causalidad era el de Albert H. Hambley; logró cerrar la tapa en el instante en que la puerta se abría de par en par.

De todos los ataúdes de la habitación, Pin había elegido el mejor para esconderse. Su generoso tamaño significaba que él y Juno podían tumbarse cómodamente en su interior el uno junto al otro. La tapa encajaba a la perfección. El chico rezó en silencio dando gracias por haberse tomado el tiempo de hacer antes dos agujeros para poner la placa del nombre y las asas. No sólo pasaba un poco de aire fresco por ellos, sino que además les permitía ver el taller.

El dueño de la funeraria entró en la habitación y se dedicó a las actividades que la gente hace cuando cree estar sola. Se hurgó la nariz, se rascó el sobaco y tiró de sus calzoncillos, los últimos días le habían estado causando algunos problemas. En cuanto se los ajustó para que no le molestaran, se fue directo a la *Cella Moribundi*.

—¿Pin, estás ahí? —gritó junto a la puerta.

—Creo que voy a estornudar. Esto está lleno de polvo —susurró Juno.

El chico hurgó en su bolsillo y encontró un pañuelo.

—Cúbrete la nariz con él —dijo ofreciéndoselo en la oscuridad.

—Podríamos huir ahora —sugirió Juno en voz baja con la boca cubierta con el pañuelo.

—No sé si nos dará tiempo.

Pin tenía razón, porque el señor Gaudridus entró en aquel instante al taller sosteniendo el bastón por fricción. El chico sintió que la mano de Juno apretaba la suya y supo que ella también lo había visto. El dueño de la funeraria se quedó plantado frente al ataúd y, aunque su expresión no lo desvelara, Pin sospechó que se estaba preguntando por qué tenía la tapa puesta. Juno cerró los ojos con fuerza creyendo que lo abriría, pero el señor Gaufridus simplemente sacudió la cabeza y se fue a la mesa de trabajo para examinar el bastón a fondo. Después lo sostuvo en alto y accionó la manija. Pin y Juno contemplaron horrorizados cómo volaba una lluvia de chispas por la habitación. Cualquier duda que albergaran se esfumó al instante. Los dos estaban ahora convencidos de encontrarse en la habitación con el Asesino de la Manzana Plateada.

Entonces ocurrió algo inconcebible. Pin tosió. Fue una tos bajita, apenas discernible. El fabricante de ataúdes ni siquiera la oyó. Al igual que la segunda vez. Fue la tercera, la más ruidosa, la que los metió en problemas.

El señor Gaufridus se detuvo clavando la vista en el ataúd. Se acercó a él muy despacio, blandiendo el bastón por fricción. Pin y Juno estaban totalmente indefensos en su macabro escondite. El hombre se fue acercando cada vez más. Pin esperó a que estuviera a un paso de distancia y entonces empujó con fuerza la tapa con el pie. Su patrón cayó hacia atrás y se dio contra la mesa de trabajo; por primera vez desde que le conocía, el chico creyó ver una ligera expresión de sorpresa en su rostro.

—¡Corre! —gritó Pin tirando de Juno por la capa—. ¡Sálvese quien pueda!

Un par de calles más lejos Aluph Buncombe también corría.

—¡Nunca más! ¡Nunca más! —dijo agitando el dedo y hablando enojado consigo mismo. Ahora ya no pensaba en ir a ver a Coggley mientras doblaba por la calle el Portón de los Chipirones y entraba prácticamente corriendo a la pensión. Al poner el pie en ella, pensó que nunca se había alegrado tanto de hacerlo. Bajó las escaleras de cuatro zancadas y entró apresuradamente a la cocina. Beag, Benedito y la señora Hoadswood levantaron la vista al unísono.

—¡Por Júpiter! ¡Me alegro de veros! —gritó Aluph aliviado.

—Señor Buncombe, ¿se encuentra bien? —preguntó la posadera.

—Quizá le ha dicho a una de sus encantadoras damas la verdad de una vez… —bromeó Beag pinchando la carne de cerdo que quedaba en la fuente con el tenedor, pero al ver el desaliñado aspecto de su amigo y su expresión dejó la frase a medias.

Aluph se sentó pesadamente al otro lado de la mesa con dramatismo.

—¡Ojalá se hubiera tratado de una dama encantadora, Beag! No os creeréis lo mal que lo he pasado.

—Cuéntenoslo todo —dijo Benedito inclinándose hacia delante sentado a la mesa junto al fuego—. A todos nos gusta oír una buena historia.

—Pues recibí una invitación de Deodonatus Snoad. ¿Os lo podéis creer? —explicó Aluph al tiempo que se sacaba su largo abrigo y lo dejaba con cuidado sobre el respaldo de una silla (fueran cuáles fueran las circunstancias, siempre lo doblaba en lugar de dejarlo de cualquier manera)—. Quería que le leyera la cabeza. Por supuesto, acepté. Creí que podría ser interesante. Pero ahora pienso que tuve mucha suerte de haber salido vivo del encuentro. ¡Ese tipo es un loco!

—Mmmm —musitó Beag—. Siempre pensé que era un poco excéntrico, pero nunca hubiera imaginado que fuera un loco. Quizás esconde su verdadera personalidad detrás de las palabras que escribe.

—¡Pues alégrate de que la esconda! —exclamó Aluph, todavía impresionado, con un visible estremecimiento.

—¿A qué se refiere? —preguntó la señora Hoadswood dejando de remover la comida.

Aluph se arregló la corbata.

—Es el tipo más raro que he visto. Mantiene su habitación a oscuras y no quiere que le vean, pero pronto descubrí por qué. Ese hombre es un monstruo. Tendría que estar en una jaula como la Bestia Glotona —añadió limpiándose la frente con la mano y dejando una marca brillante en ella.

—¿Qué es eso que tiene en la cabeza? —preguntó Benedito.

La señora Hoadswood se acercó para examinarlo de cerca.

—También tiene la misma marca en la pernera del pantalón.

—Creo que es tinta —dijo Aluph quitándole importancia, ansioso de seguir contando sus peripecias—. ¡Qué tipo más desagradable! —pero de pronto se oyó un gran estrépito y unos golpes en la calle y algunos segundos más tarde Juno entraba corriendo.

—¡Auxilio! ¡Ayudadme! ¡El Asesino de la Manzana Plateada está atacando a Pin!

La cocina se vació en cuestión de segundos. Todo el mundo salió corriendo a la calle, donde el chico estaba en efecto forcejeando en el suelo con el señor Gaufridus. Beag se lanzó sobre él y lo agarró de los brazos mientras Aluph se ocupó de una pierna. Pin se puso en pie de un salto y sostuvo el bastón por fricción a un dedo de distancia de la nariz de su atacante (que parecía un poco confundido (¿o enojado?).

—¡Mirad! —proclamó Pin haciendo la clase de floreo que Aluph le habría gustado emplear en la otra orilla del río—. ¡El Asesino de la Manzana Plateada!

El señor Gaufridus forcejeó para levantarse del suelo.

—Si me dejáis hablar, tal vez os lo pueda explicar —repuso farfullando.

—¡Adelante! —dijo Beag sin quitarle el ojo de encima y sosteniendo una mortífera patata en la mano.

—Yo no soy el asesino —insistió el señor Gaufridus—. Sólo fabrico los bastones por fricción.

35

Una revelación

Poco después el dueño de la funeraria estaba sentado a la mesa de la señora Hoadswood disfrutando de su generosa hospitalidad. Aún jadeaba por el esfuerzo de haber perseguido a Pin y Juno por el Portón de los Chipirones y sobre todo por haber mantenido el combate de lucha libre en la nieve. Pin, Beag, Juno y Aluph le pidieron disculpas y el señor Gaufridus tuvo la gentileza de aceptarlas, aunque con su cara de póquer habitual. Benedito, que se había limitado a contemplar la captura, estaba examinando el bastón por fricción.

—Hace tiempo que lo fabriqué —afirmó el señor Gaufridus dejando la jarra de cerveza en la mesa—. Lo usaba para mi trabajo. Pero un día se me ocurrió que podía servir para otras cosas y decidí poner aquel anuncio en el *Chronicle*. Ha sido esta noche cuando he comprendido que quizá los dos, el bastón por fricción y el Asesino de la Manzana Plateada, podían estar relacionados. Por eso volví a la tienda.

—¿Cuántos ha vendido? —preguntó Aluph.

—¡Oh, no demsiados! —repuso el señor Gaufridus—. Tal vez tres o cuatro, pero no puedo decirle a quién.

—¿Por qué no? —preguntó Pin desesperado—. Uno de sus clientes debe de ser el Asesino de la Manzana Plateada.

—Yo sé por qué —terció Aluph lentamente—. Los bastones por fricción se venden a través del *Chronicle*. Cuando compré el mío les di el dinero y me entregaron un tique. Todo cuanto tuve que hacer fue ir a recoger el bastón con el tique. No necesité dar mi nombre.

—Y de todos modos, si quisiera usarlo para matar a alguien, daría un nombre falso —observó Benedito—. ¡Qué decepción!

El señor Gaufridus se levantó sacudiéndose el polvo de la ropa.

—Siento mucho no poder serles de más ayuda.

—¡Qué mal aspecto tienes! —le dijo Pin a Aluph advirtiendo lo despeinado que iba. ¿Y qué era esa raya brillante que tenía en la frente?

—¡Oh, ha sido una noche muy movidita! —terció la señora Hoadswood!—. El pobre señor Buncombe también las ha pasado moradas.

—¡Y que lo diga! —exclamó Aluph dispuesto a proseguir su relato—. He estado con tu amigo Deodonatus Snoad —añadió dirigiéndose a Pin.

—No es mi amigo —repuso él mirándole fijamente la frente.

—Lo visité para leerle los bultos de la cabeza y fue una experiencia espantosa —prosiguió Aluph—. Tenía un bulto muy peculiar a un lado de la crisma. ¡Era enorme!

Beag miró a Pin y luego a Aluph y luego a Pin de nuevo. Era como si de pronto hubiera tenido una idea luminosa.

—¡Por todos los santos! —exclamó.

—¡Demonios! —gritó el chico a coro.

—¿Aluph, dónde tenía el bulto exactamente? —preguntó Beag.

—En la cabeza, ya te lo he dicho —repuso el experto en cráneos un poco irritado por las interrupciones.

—¿En la derecha o en la izquierda? —preguntó Pin ansioso por saberlo.

La señora Hoadswood levantó la vista de la cazuela y Benedito dejó el bastón por fricción sobre la mesa.

Aluph caviló durante un momento.

—En la derecha.

—¿A tu derecha o a la suya?

—A la mía y a la suya —repuso Aluph—. Yo estaba detrás de él. ¿Por qué?

—¡Mi patata! —exclamó Beag triunfalmente.

Alargando la mano, Pin pasó sus dedos por la frente de Aluph.

—¡Y mirad…! —dijo el muchacho levantando la mano.

—¡Por Júpiter y por Zeus! —murmuró Aluph empalideciendo.

Los brillantes dedos de Pin estaban manchados de pintura plateada.

36

«La naturaleza nunca crea nada sin motivo»

Aristóteles

Deodonatus Snoad se levantó el cuello del abrigo y se cubrió la cara con la bufanda. Llevaba el sombrero encasquetado hasta las orejas. El viento era tan gélido que te cortaba la piel y te helaba hasta la médula de los huesos. La nieve de la calle se había congelado y el agua mugrienta y fangosa que bajaba por el centro de la calzada se había, como el Foedus, espesado tanto con el frío que ya no discurría.

—¡Santo Dios! —masculló Deodonatus helándosele en el acto el aliento dentro de la bufanda. Pese a semejante exhortación, sería un error pensar que este hombre creía en un ser superior. Hacía tiempo que había sacado la conclusión de que la vida le había demostrado que Dios no existía. La existencia humana era simplemente la olla del destino en la que te podía tocar tu ración de vida buena, mala o regular.

Había sido Aluph Buncombe quien le había ayudado a acabar de decidirse. No sabía cómo se le había ocurrido mostrarle su aspecto a un besugo como Buncombe. Hacía mucho tiempo que no lo hacía. *Supongo que sólo quería asegurarme, ver que nada había cambiado,* pensó tristemente.

Se deslizó por la acera pegado a la pared, un poco como una rata, cruzó la calle en dirección al puente y entró en el Dedo Ligero. Fue directo al fondo de la taberna, deteniéndose sólo para aflojarse la bufanda antes de dirigirse a Rudy Idolice, sentado como de costumbre junto a la cortina.

—Vengo a ver a la Bestia Glotona.

—Son seis peniques —repuso Rudy adormilado sin levantar la vista siquiera.

—Yo no tengo que pagar —dijo Deodonatus en voz baja.

—¿Qué? —exclamó Rudy despejándose de golpe y enderezándose en la silla—. ¡Oh, eres tú! Da lo mismo. Todo el mundo ha de pagar, por más veces que haya venido.

—Pero si yo soy tu mejor cliente —protestó Deodonatus con voz ronca—. Te has beneficiado mucho conmigo, ahora me toca a mí, ¿no crees, viejo amigo? —añadió sacándose la bufanda. Entonces agarró a Rudy del pescuezo y lo acercó hasta su propia cara. El hombre, con los ojos, desorbitados se quedó sin habla. Sus reblandecidos sesos se le despejaron de golpe.

—¡Carajo! ¡Si es Don Adefesio! —exclamó aterrado.

Deodonatus torció la boca en una sonrisa, metió la mano libre que le quedaba en el bolsillo del chaleco de Rudy y sacó una llave enorme de hierro. Después arrojó a aquel tipo al suelo sin ningún miramiento, donde el pobre se quedó tendido, y bajó al sótano.

Deodonatus se sintió invadido por un sentimiento parecido a una gran satisfacción, como si hubiera culminado un largo viaje. Sabía que lo que iba a ver era mucho más repulsivo que él (al menos eso era lo que le gustaba pensar: la comparación que Aluph hizo sin querer le había fastidiado mucho). Oyó a la Bestia resoplando en la oscuridad. Se dirigió a la parte delantera de la jaula y miró dentro. La Bestia estaba en el fondo. Deodonatus se puso a hablarle en voz baja y la criatura avanzó pesadamente con un hueso en una mano, un pedazo de carne en la otra y la boca llena de algo más. Se detuvo a un palmo y medio o dos de los barrotes y miró a Deodonatus a los ojos, husmeando el aire como un perro.

—¡Hola, viejo amigo! —susurró el periodista—. Tengo buenas noticias para ti. Después de todas estas semanas de venir a verte para consolarte un poco, por fin sé lo que debo hacer. Siento haber tardado tanto en averiguarlo. Sé cómo te sientes. ¿Acaso yo también no he estado en una jaula? ¿Atrapado tras los barrotes por culpa de los demás? He intentado ayudarte a mi manera, pero he cometido un error. Podría no haberme dado cuenta en toda mi vida. La gente no lo entenderá nunca. Aunque fueran cayendo uno a uno al Foedus, no entenderían por qué. Pero ahora ya no importa. Esta noche tu tortura se ha acabado. Voy a salvarte. Te liberaré de tus torturadores para que puedas vengarte de ellos.

Se sacó la llave del bolsillo y la metió en la cerradura. La Bestia levantó las orejas al oírlo y se le aceleró el corazón. Se acercó sigilosamente a los barrotes para contemplar al hombre que lo había estado atormentando con sus susurros durante tanto tiempo. De pronto, eligiendo el momento oportuno, con la velocidad del rayo, metió el brazo por los barrotes y, tras agarrar el corto y grueso cuello de Deodonatus, lo estrujó como estrujaba la carne de un hueso. Cuando por fin lo soltó, el célebre articulista se deslizó junto a la jaula cayendo muerto al suelo.

La Bestia Glotona no perdió ni un segundo. ¡Cuántas veces había soñado con este momento! Dobló la muñeca, giró con destreza la llave y abrió la puerta. Luego se arrodilló junto a su inmóvil torturador, cogió la bufanda de Deodonatus y se la enrolló en su propio cuello. Depués le quitó el sombrero y se lo encasquetó hasta las orejas. Con un poco más de dificultad, le arrancó la capa y se la puso torpemente sobre los hombros. Contempló a Deodonatus en el suelo y le tocó el brillante pelo plateado. Luego levantó la vista hacia las escaleras haciendo una mueca que sólo podría describirse como una maliciosa sonrisa.

Poco después la Bestia Glotona se deslizaba sigilosamente en la taberna. No se fijó en la gente ni la gente se fijó en ella. Cuando salió a la calle, se detuvo para olfatear el aire. ¡Qué refrescante era! Tanto que había oído hablar de la peste del río y apenas podía olerlo. Tomó la callejuela que daba al Dedo Ligero y trotó con bastante garbo, todo hay que decirlo, hacia el río. Luego saltó por el muro con una sorprendente agilidad para una bestia de su tamaño y envergadura, girando sobre una mano para caer ligeramente sobre el hielo. Y sin apenas mirar atrás, se dirigió con sus curtidos pies planos hacia la costa, usando el bastón de Deodonatus a modo de palo de esquí.

37

Diario de Pin

Me ha ocurrido algo terrible, la peor traición que pueda existir. Aún no me lo acabo de creer. Juno se ha ido y en este momento la odio tanto que no sé qué haría si volviera. Pero juro que la encontraré, aunque se haya marchado de la ciudad. Porque tengo que averiguar si es verdad lo que he descubierto.

La última vez que la vi fue en la cocina cuando me devolvió el pañuelo.

—Y esto también es tuyo —me dijo entregándome una florecita blanca—. Estaba en tu pañuelo.

Yo me sentí un poco incómodo.

—Es una de las flores que encontré en la tumba de mi madre —le expliqué—. Me las metí en el bolsillo y ya no me acordé más de ellas.

Recuerdo que en aquel momento pensé que Juno me miraba de una forma extraña. Creí que me iba a decir algo

228

más, pero cuando Aluph empezó a hablar de Deodonatus, yo me puse a escucharle. Al terminar de contar su increíble relato, Juno ya se había ido.

Fui a su habitación pero no encontré rastro de ella. Cuando miré bajo la cama, me quedé de piedra al descubrir que el maletín también había desaparecido. Se me ocurrió que se lo había llevado porque no pensaba volver. Me senté en la cama hecho un lío. Solamente una hora o dos antes, en la funeraria del señor Gaufridus, me había insinuado que quería que los dos viajáramos juntos. Y ahora se había esfumado. A lo mejor descubrió que había fisgoneado en su maletín, pero estoy seguro de que me lo habría dicho antes, en lugar de irse sin avisar.

De pronto me fijé en algo moviéndose en un rincón. Era la arañita marrón que agitaba la telaraña como una loca. Yo la había tomado por un sueño que tuve al oler la poción. Quizá ha perdido la chaveta por los efectos de las hierbas de Juno, pensé.

Y en ese momento fue cuando todo empezó a encajar.

—¡La poción! —grité poniéndome en pie de un brinco—. La poción del frasquito en forma de lágrima te hace ver cosas.

Esto lo explicaba todo. La poción me había hecho ver a mi padre y a mi madre, aunque sabía que no podían ser reales. Sybil y Madame de Bona habían resucitado porque Juno había balanceado la poción por la habitación. Pero

¿por qué no había visto resucitar al anciano de la orilla norte del río? Porque estaba escondido en el arcón de la ropa blanca. Me había cubierto la boca y la nariz con un trapo para no oler la poción.

Los hermanos la habían olido y también la madre. Y ellos creyeron que su padre había resucitado. Le preguntaron dónde había escondido el dinero, pero fue la voz de Juno la que les respondió, porque fingía ser el difunto hablando. Y naturalmente ella no sabía dónde había ocultado el dinero.

Ahora estaba descubriendo rápidamente todas las respuestas. ¿Y el ungüento? ¿Para qué servía? Recordé cómo había despejado a Juno cuando yo había ido a su habitación por la noche.

—¡Claro! Lo usan para protegerse de los efectos de la poción —exclamé.

Me eché a reír. ¡Qué sencillo era todo! Juno tenía razón: la respuesta la había tenido delante de las narices todo el tiempo.

Ahora que había resuelto el rompecabezas, tenía más ganas aún de verla. Pese a su ausencia, podía seguir oliéndola, el aroma de enebro era muy fuerte en la habitación, demasiado, y me hizo sospechar. Era por lo menos tan fuerte como cuando ella estaba conmigo. Lo olfateé de nuevo rastreándolo por el suelo como un sabueso. Debajo de la cama era donde más se olía y cuando vi el cordón supe por qué. Tiré de él y lo sostuve en alto para contemplar el deslustrado relicario oscilando ante mí. Lo abrí con la uña y descubrí dentro el ungüento amarillento de enebro. Lo olí cautelosamente. La cabeza se me aclaró al instante y lo vi todo con una agudeza tan intensa como la de una pluma de escribir recién afilada.

—¿Adónde has ido? —murmuré girando el relicario en la palma de la mano. En el dorso había dos letras grabadas.

Y entonces fue cuando quise matarla.

38

Una tarea difícil

Había dejado de nevar hacía un rato, pero el cielo estaba nublado y pesado y fuera de la pensión aún se veían los rastros de la escaramuza. Y también unas huellas alejándose de la casa. Pin supo instintivamente que eran de Juno.

Las siguió con expresión adusta hacia el puente —no le hubiera sorprendido que le llevasen fuera de la ciudad—, pero de pronto tomaron otra dirección. Empezó a nevar y Pin soltó una palabrota entre dientes. Tenía que apresurarse. Pronto desaparecerían las huellas. Siguiéndolas por la calle Baches, llegó a las puertas del cementerio.

Pin observó a Juno intentando en vano cavar en la tierra helada alrededor de la tumba de su madre. Junto a ella, en el suelo, estaba su maletín y una bolsa marrón. Sintió que el corazón se le endurecía y que los dientes le rechinaban. Se le tensaron todos los músculos de golpe.

—¡Juno!

La joven, asustada, soltó la pala y se giró rápidamente. Cuando vio a Pin se quedó de piedra y se puso en pie.

—¿Qué estás haciendo aquí?

—Yo podría preguntarte lo mismo —repuso él—. En cuanto a mí, he venido a decirte que he descubierto tu secreto. Es la pócima, ¿verdad? Te hace ver lo que quieres ver. Y el ungüento de enebro del relicario te despeja la cabeza. Por eso tú y Benedito os lo ponéis, ¿no es cierto?

—Sí —admitió Juno.

—¿Por qué has huido sin decirme nada? ¿Y qué estás haciendo aquí?

—No es lo que crees —respondió ella, confundida por la dureza con la que Pin le hablaba—. Puedo explicártelo todo —añadió blanca como la cera y con las manos temblándole.

—Creía que éramos amigos.

—Y soy tu amiga. Por eso estoy aquí. ¿Es que no lo ves? Estoy intentando arreglar las cosas.

—¿Cómo puedes arreglarlas?

—Volviendo a dejar algo en su lugar.

—¿Cómo puedes hacerlo si lo tengo yo?

Juno se quedó perpleja.

—Pin, ¿de qué estás hablando?

—¡Del relicario, imbécil! ¡Del que robaste de la tumba de mi madre! —exclamó sacándoselo del bolsillo y balanceándolo frente a ella—. ¿Dónde está la cadena de plata? ¿La has vendido?

Juno se llevó automáticamente la mano al cuello, aunque supiera que el cordón no estaba ahí.

—¡Mi relicario! ¿Dónde lo has encontrado?

—¿Tu relicario? —le soltó Pin casi furioso—. ¡Es el relicario de mi madre! Se lo quitaste del cuello estando muerta. ¡No puedo creerlo! ¡No eres más que una miserable profanadora de tumbas!

—¡Pero si es mío! —insistió ella—. Mira en el dorso.

Pin sostuvo en alto el relicario y bajo la luz de la luna vio claramente las iniciales J. C.

—Son las iniciales de mi madre —dijo—. Jocelyn Carpue.

Ella le miró a los ojos.

—O las de Juno Catchpole —musitó con frialdad.

Él la miró desdeñosamente.

—Pero si tú te llamas Juno Pantagus. Benedito es tu tío... —de pronto su voz se apagó. Ahora ya no estaba tan seguro.

—Benedito no es mi tío —admitió ella sin alterarse—. Sólo decimos que lo es porque estar emparentados queda mejor. Después de todo nuestra «magia» se hereda.

Pin se tambaleó y cayó de rodillas al suelo, agarrándose la cabeza.

—¡Oh, Juno, lo siento! Debí haberte creído. Pero ¿qué podía yo pensar? A mi madre la enterraron con el relicario de plata en el cuello, la última joya que le quedaba. ¿Qué haces cavando en su tumba? —preguntó levantando la vista desesperado—. ¿Qué estás buscando?

—Pin, tengo que contarte la verdad —dijo Juno lentamente.

—¿La verdad? ¿A qué te refieres? Si ya lo sé todo. Dame sólo otra oportunidad. Aún podemos irnos juntos. Tú serás el Mago de los Huesos y yo tu ayudante...

—¡No sigas! —le ordenó Juno, y él enmudeció—. Claro que quiero que vengas conmigo, pero antes debes saber algo. Estoy aquí porque intento devolver algo. Sé que fue una estupidez, una idiotez, pero tenía que intentarlo. No podría vivir con este peso en la conciencia —añadió cogiendo una bolsa marrón y entregándosela a Pin—. Esto es tuyo, te pertenece.

Pin la cogió despacio con las manos temblorosas. Se arrodilló en el suelo, abrió la bolsa aflojando los cordones y la puso boca abajo. Ante él cayó una pila de huesos secos. Pero siguió

sin entender nada. Y también había algo más, una calavera marrón con una rala cabellera castaña que rodó por el suelo deteniéndose a sus pies.

—¿Madame de Bona? —susurró él.

—No. Es tu madre —dijo Juno.

39

Juno cuenta una historia

Pin levantó la vista perplejo. Tenía el estómago revuelto. Le entraron ganas de vomitar.

—¿Mi madre? Pero ¿cómo?

—Déjame que te lo explique…

—Mi madre murió siendo yo muy pequeña. Ni tan sólo me acuerdo de ella, fue mi padre el que me crió. Era el médico de una ciudad que queda no muy lejos de aquí. Le fue bien en su profesión y me enseñó todo cuanto sabía: las propiedades curativas de las hierbas y las especias; cómo elaborar ungüentos, tónicos y pociones; y cómo aplicar vasos y sanguijuelas. Y también me enseñó a hacer la poción *credo,* la que utilizo para resucitar a los muertos. Has acertado al pensar que es la clave, porque es una poción que te hace ver cosas. Todo cuanto necesitas es concentrarte en lo que deseas y al aspirar su aroma te permite experimentar tus sueños. Sólo durante un breve tiempo, aunque el suficiente. Todas las personas que fueron a ver a Madame de Bona deseaban con toda el alma creer que ella resucitaba. Y como era lo que deseaban, fue lo que vieron. En cuanto a sus preguntas, ya sabían las respuestas, pero se sentían mejor si las oían de boca de otra persona, aunque fuera un esqueleto. También acertaste sobre el ungüento de enebro del relicario. Te protege de la poción *credo*.

»La vida nos iba bien. Los pacientes estaban agradecidos a mi padre por curarles y le pagaban generosamente. Incluso le dejaron algún dinero al morir. Pero un día empezó a correr el rumor de que se había vuelto codicioso y que mataba a la gente por su dinero. Y poco después lo asesinaron valiéndose de artimañas.

»A partir de entonces mi vida cambió por completo. La gen te empezó a decir que yo estaba conchabada con mi padre y la vida se convirtió para mí en un infierno. Ya sabes lo que es que te traten como a un criminal cuando eres inocente. Yo sufrí de la misma forma que tú. De modo que dejé la ciudad y vine a Urbs Umida. Pronto descubrí que era un lugar solitario y cruel. Las cosas no me fueron demasiado bien. Por la noche me refugiaba en el cementerio. Me sentía a salvo en este lugar. Los carteristas y los ladrones suelen dedicarse a los vivos y no a los muertos. En cuanto a los profanadores de tumbas y los desenterradores de cuerpos estaban demasiado ocupados como para fijarse en una chica vagabunda que intentaba dormir en el cementerio. Cuando vi a Benedito por primera vez, creí que era uno de ellos. Nos conocimos mientras él profanaba una tumba a finales del verano pasado.

—¿La de mi madre? —preguntó Pin en voz baja.

Juno asintió con la cabeza.

—Si buscas un cuerpo, estás en la tumba equivocada —le dije—. No encontrarás más que huesos porque ha muerto hace seis meses.

»—Eso es lo que quiero —afirmó.

»—¿Huesos? ¿Para qué los quieres?

—Benedito se levantó y me miró. Por su aspecto vi que era viejo, demasiado viejo para cavar tumbas. «Tú pareces una chica fuerte. Ayúdame. Este esfuerzo me va a matar» —dijo.

»Yo no me moví. Él me entendió perfectamente. Acordamos que me pagaría un chelín por el trabajo y cogí la pala. No me costó demasiado. Como acababa de llover la tierra estaba blanda y suelta y además él ya había hecho la mayor parte del trabajo. Al cabo de poco ya habíamos desenterrado el ataúd. Y yo tenía razón, sólo había huesos en él. Benedito parecía satisfecho.

—¿Y el relicario de mi madre? —preguntó Pin de pronto.

—No había nada, créeme —dijo Juno dulcemente—. Te lo juro. Creo que ya habían profanado la tumba, porque la tapa del ataúd estaba desclavada. ¿Es demasiado para ti? ¿Quieres que no siga? —preguntó.

Pin sacudió la cabeza.

—No, quiero saberlo todo.

—De acuerdo, Benedito metió los huesos en la bolsa y se dispuso a marcharse. Yo le pregunté intrigada qué iba a hacer con ellos. Me dijo que se le había ocurrido una forma de hacer dinero. Pensaba viajar con el esqueleto de pueblo en pueblo y exhibirlo como una adivina que podía decirle la buenaventura a la gente.

»—¿Y cómo vas a hacerlo? —le pregunté—. Está muerta.

»—He pensado que quizá podría imitar su voz —repuso.

»Me eché a reír. Le dije que la idea me parecía ridícula y que no iba a funcionar.

»Benedito se ofendió un poco.

»—¿Tienes una idea mejor?

»—Pues sí —le respondí y entonces le conté sobre la poción *credo*. Estaba segura de que podíamos sacarle provecho. Benedito y yo trazamos un plan. Él sería el Mago de los Huesos y yo prepararía la poción e imitaría las voces de los difuntos. Por eso en las sesiones llevaba aquella larga capucha, para que la gente no viera que era yo y no Madame de Bona la que hablaba. De todos modos nadie se fijaba en mí. Nos fuimos de la ciudad y viajamos por todo el país. Aquel trabajo se me daba muy bien. Ganábamos dinero, sobre todo de las resurrecciones privadas, y mientras ibamos de un lugar a otro, yo le preguntaba a la gente sobre el paradero del hombre que mató a mi padre. Y en una o dos ocasiones estuvimos a punto de atraparlo, pero llegamos demasiado tarde.

—¿Y las preguntas? ¿Cómo sabías qué responder? —dijo Pin.

Juno sonrió.

—Me volví muy hábil en responder preguntas sin decir nada. Tú deberías saberlo, Pin. Le preguntaste a Madame de Bona sobre tu padre. Apenas te dijo nada útil, pero cuando estás bajo los efectos de la poción *credo*, cualquier cosa que te digan parece verosímil. Todas aquellas invocaciones a Hades, el amo de las sombras de los muertos, no significan nada. No era más que una actuación. Lo único real era la poción.

»Pero las cosas han cambiado. Benedito empezó a estar mal de salud y yo no había encontrado al tipo que buscaba. Y había otras cosas que también me preocupaban. Sentía que lo que hacíamos estaba mal. Cuando me di cuenta de que a Madame de Bona le formulaban las mismas preguntas una y otra vez, comprendí que estábamos engañando a la gente, influenciándoles con una poción y diciéndoles lo que querían oír, unas mentiras que hacíamos pasar por verdades. Le dije a Benedito que no quería hacer más resurrecciones privadas y acordamos que la de Sybil sería la última. El señor Belding no era un curioso espectador que había venido para divertirse, sino un hombre desesperado. Fingir que Sybil le perdonaba ha sido lo más difícil que he hecho en toda mi vida, quizá lo más cruel.

—¿Por eso no quieres llevarte a Madame de Bona cuando te vayas de la ciudad? —preguntó Pin. Aún no era capaz de llamarla «mi madre».

—En parte sí —repuso Juno—. Pero esta noche me he acabado de decidir al ver la flor blanca en tu pañuelo. Me dijiste que la encontraste en la tumba de tu madre.

Él asintió lentamente con la cabeza.

—Pero ¿qué tiene esto que ver?

—Fui yo, Pin, la que puso esas flores en su tumba —dijo Juno entre unos desgarradores sollozos—, sólo que entonces no sabía a quién pertenecía. Cuando esta noche he descubierto que era la de tu madre, no podía creer lo que yo había hecho. ¿Cómo podía llevarme a Madame de Bona sabiendo que era tu madre? Decidí irme sin ti, sé que he sido una cobarde, pero estaba impactada. Intentaba reparar mi error, volver a enterrar sus huesos. Pero no puedo hacerlo. La tierra es demasiado dura.

Juno miró a Pin con sus ojos llenos de lágrimas y enrojecidos.

—¿Me podrás perdonar algún día? He hecho algo terrible —susurró.

Pin se puso en pie tembloroso y abrazó a Juno.

—¡Claro que te perdono! Me ha dolido mucho, pero tú no sabías quién era y además estabas intentando arreglarlo.

—Ten —dijo ella entregándole un ramillete de flores blancas secas—. Son margaritas de las Montañas de Moiraean. Las iba a poner sobre el ataúd. Significan «lo siento».

40

Artículo publicado en

The Urbs Umida Daily Chronicle

LA IDENTIDAD DEL ASESINO DE LA MANZANA PLATEADA REVELADA

por

Deodonatus Snoad

Mis queridos lectores:

Estoy seguro de que a estas alturas muy pocos de vosotros no habéis oído que la Bestia Glotona ha huido. Ahora ya no me es posible comentar nada sobre su paradero o sus intenciones, pero lo averiguaréis muy pronto por vosotros mismos.

También seguramente sabéis que fui yo, Deodonatus Snoad, quien dejó en libertad a la Bestia. Tal vez os lo ha dicho el señor Idolice. Pero me pregunto: ¿os ha contado también que me mantuvo en cautividad durante ocho años en su circo, la Alucinante Carpa Panóptica Ambulante de Rudy Idolice, y que me exhibía con el nombre de Don Adefesio? Sufrí a diario, como la Bestia, el tormento de que me pincharan, incordiaran y miraran. Pero a diferencia de ella, logré escaparme y llevar la vida que deseaba. Tal vez ahora empecéis a entender por qué se me ocurrió dejar que una

241

Bestia de temperamento tan violento vagara a sus anchas por la ciudad. Todo cuanto deseo es haberle dado la misma oportunidad que yo tuve y estoy seguro de que me lo agradecerá. Aunque, dada la naturaleza de esta ciudad, es posible que ni siquiera la reconozcáis entre vosotros.

En este artículo, el último que escribo para el *Chronicle,* también os revelaré otra cosa. Estoy seguro de que aún no la sabéis: la identidad del Asesino de la Manzana Plateada. Ahora puedo revelárosla porque cuando lo leáis ya me encontraré muy lejos de Urbs Umida. Al igual que la Bestia, voy a empezar una nueva vida.

Puesto que, mis queridos lectores, y os llamo así de todo corazón al comprender ahora que habéis sido a vuestra manera mis únicos amigos en estos últimos años, yo, Deodonatus Snoad, vuestro humilde servidor que os ha ofrecido las noticias de interés periodístico de esta ciudad, soy el Asesino de la Manzana Plateada.

«Pero ¿por qué?» os oigo gritar. «¿Qué hemos hecho para merecérnoslo?»

Dejadme que os lo explique: *fuisteis a ver a la Bestia.* Eso fue lo que hicisteis.

«Al menos no soy como ella», pensabais mientras la mirabais cruelmente en la jaula. Y luego al abandonar el puente os preguntabais por qué os asesinaban. Y ahora la Bestia está libre para vengarse. A lo mejor ya lo ha hecho. Y es lo que os merecéis todos vosotros, ¡que os habéis quedado ahí papando moscas!

Recordad:

Ο ανόητον θεωρεί ανόητο ως καλόν

Hasta nunca,

Deodonatus Snoad

Nota del editor:

Este artículo lo entregaron en las oficinas del *Chronicle* la misma noche en que la Bestia fue puesta en libertad. Dado el tema del que trata, consideramos que vosotros, los habitantes de Urbs Umida, debíais tener la oportunidad de leerlo. Por desgracia, aún no tenemos noticias de la Bestia. Ojalá la capturen antes de que alguien más sufra algún daño. En cuanto a Deodonatus Snoad, lo hallaron muerto en la jaula de la Bestia, junto con Rudy Idolice, a la mañana siguiente. Sólo podemos especular que la Bestia no se se mostró tan agradecida por que la liberaran como Deodonatus había esperado.

El editor

P.D.: Pensamos que la cita en griego significa algo como:

«Un asno cree que los asnos son hermosos.»

Interpretadla como queráis.

41

Diario de Pin

Bueno, querido lector (como a Deodonatus tanto le gustaba decir, aunque no creo que mi diario lo lea tanta gente como el Chronicle), no puedo decirte cuándo volveré a escribir. Juno y yo hemos hecho los petates, estamos listos para irnos de la ciudad y ya nos hemos despedido. No voy a echar de menos Urbs Umida, pero sí que echaré en falta la calle del Portón de los Chipirones, donde dejamos algunos buenos amigos: Benedito y Aluph —a quien le he entregado los huesos de mi madre para que me los guarde—, Beag y la señora Hoadswood, que nos ha alimentado con sus deliciosos platos en este miserable lugar. Le agradecemos la comida que nos ha preparado para el viaje.

Todos hemos leído el Chronicle. Aluph está convencido de que Deodonatus intentaba decirnos a través de sus escritos que él era el Asesino de la Manzana Plateada. Su error fue, sin embargo, hablar de culpables. En esta ciudad no hay ni una sola alma que esté dispuesta a

aceptar nunca tener la culpa de algo. ¡Así es la gente!
A Aluph le preocupa el bastón por fricción del señor
Snoad, desapareció sin dejar rastro, no lo encontraron ni
en su habitación ni en el Dedo Ligero. Pero estoy seguro
de que acabará apareciendo.

En la habitación de Deodonatus lo único interesante
que se halló fue un ejemplar de Cuentos de hadas y duendecillos traviesos de Houndsecker. Deodonatus parecía
conocer muy bien el cuento de la princesa y el sapo. Y
esto explica muchas cosas.

42

La partida

Juno y Pin cruzaron a paso ligero el puente a últimas horas de la tarde en dirección a la salida de la ciudad al otro lado del río. Bajo ellos, el Foedus discurría indolentemente hacia el interior, gruñendo y crujiendo con su carga de hielo partido y los restos de vivos colores de los tenderetes que se habían instalado sobre su helado lomo. El hielo había empezado a derretirse la noche anterior. Por las calles bajaba el agua fangosa de la nieve medio fundida y el río volvía a apestar. Pin aspiró el aire con fuerza y Juno se echó a reír.

—¡No se me ha ocurrido que te alegrarías de sacarte este olor de la cabeza!

Pin sonrió.

—Es un olor que nunca olvidaré —repuso—. Y siempre me recordará todo lo que ha ocurrido en esta ciudad —añadió llevándose la mano al cuello para sentir el huesecillo, la punta del dedo meñique de su madre, que llevaba colgado de un cordón.

—Creo que prefiero mis aromas —observó ella riendo.

—Pues ahora lo hemos dejado todo atrás. ¡Y quién sabe lo que nos espera! —observó Pin.

—Quizá la verdad sobre tu padre —dijo Juno pensativa.

—Quizá —repuso él—. Aunque a veces la verdad no es tan maravillosa como uno creía. ¿Y qué me dices del tuyo? ¿Qué harás si encuentras al tipo al que buscas?

—Él tiene algo que perteneció a mi padre. Le pediré que me lo devuelva —respondió Juno.

—¿Y qué es?

—Una pata de palo.

—¿Sabes cómo se llama?

—Sí. Su nombre es Joe Zabbidou.

Nota de F. E. Higgins

Por lo visto, hemos llegado al final, ¡y qué final! El relato, después de revelar una serie de personajes de Urbs Umida que parecían inconexos, vuelve a llevarnos a Joe Zabbidou. Además de la pata de palo, me he quedado con la caja de Pin, encerada y pulida. Sé que estos dos objetos están relacionados de algún modo. Aquellos de vosotros que tengáis una memoria de elefante os acordaréis de que en *El libro negro de los secretos* la confesión de Joe Zabbidou empezaba diciendo: «Me llamo Oscar Carpue. En un momento de rabia desbocada, preso de la locura, yo…»

Lo cual nos lleva a la pregunta —una de las muchas que se plantean— de si el padre de Pin mató o no a Fabian. ¿Y encontrará Juno Catchpole algún día a Joe Zabbidou? Yo aún no sé las respuestas. Y habiendo llegado tan lejos, ¿cómo no iba a seguir?

Parafraseando a Deodonatus Snoad:

Hasta la próxima…

F. E. Higgins
Urbs Umida

Apéndice I

La princesa y el sapo
Extracto de
Cuentos de hadas y duendecillos traviesos de Houndsecker

He creído que este cuento ayudaría a entender la complicada naturaleza de la mente de Deodonatus Snoad y el significado de la manzana plateada.

El autor

Érase una vez una bella princesa que tenía todo cuanto pudiera desear. Belleza y riquezas, y un padre y una madre afectuosos. Vívía en un maravilloso castillo y se pasaba los días jugando en los jardines que lo rodeaban. Era una princesa bondadosa, pero tenía un defecto. Era un poco orgullosa. Su padre le advirtió muchas veces que un día su orgullo le daría una lección.

—¡Tienes toda la razón! —exclamó ella alegremente, pero no le hizo caso y se alejó correteando.

Le gustaba jugar en el jardín de las rosas de la parte sur del castillo, porque el suelo era musgoso y mullido bajo sus pies y en medio del césped había un viejo pozo. Cuando tenía calor, sacaba agua fresca de él con el cubo y se refrescaba la cara.

Cierto día vio algo reluciendo en la hierba. Al agacharse para cogerlo, descubrió que era una manzana plateada tan pequeña que le cabía en la palma de la mano. A la luz del sol era preciosa y se puso a juguetear con ella arrojándola en el aire y atrapándola. Tan alto la arrojó que a contraluz no pudo verla y un instante más tarde oyó un fuerte chapoteo en el interior del pozo.

Corrió hacia él y miró dentro de sus oscuras profundidades, pero no vio ni rastro de la manzana. ¡Pero no iba a rendirse tan fácilmente! *Tal vez hay una forma de recuperarla,* pensó.

Con cuidado, bajó el cubo al pozo y luego lo subió lleno hasta el borde de agua. Cuando miró dentro, dio un grito de alegría al ver algo brillante en el fondo. Vació el cubo rápidamente, pero no era una manzana plateada lo que había en él, sino un reluciente sapo. Despatarrado sobre la hierba, se agarraba con los deditos verdes de las patas al musgoso suelo. Al ver su verrugosa piel y su mueca, a la princesa le dio mucho asco.

—¡Puaj! —exclamó apartando la cara.

—No mires a otra parte, ¡por favor! —dijo una vocecita, y cuando la princesa lo miró de nuevo a través de los dedos de su mano, vio que era el sapo el que hablaba.

—¿Por qué no? ¡Eres demasiado feo como para merecer que te mire!

—Yo podría ayudarte —dijo el sapo tristemente levantando la cabecita.

La princesa se echó a reír con socarronería.

—¿Y qué podrías hacer tú por mí?

—Podría traerte la manzana plateada —afirmó—. Está en el fondo del pozo. Si me metes en el cubo y me bajas hasta lo más profundo, la recuperaré para ti.

—Pero tendré que tocar tu asquerosa piel —protestó ella.

—¿Tanto te repugna? —preguntó el sapo.

—Quizá no —repuso la princesa pensando ya en la hermosa manzana plateada—. Pero tendré que hacerlo con los ojos cerrados.

—Si es eso lo que deseas, de acuerdo —dijo el sapo afablemente.

—¿Y me traerás la manzana plateada sin pedirme nada a cambio?

—Sólo te pediré una cosa —repuso él ladeando la cabecita.

—¿Qué es? —preguntó la princesa sorprendida. Después de todo, ¿qué favor podía hacerle a un sapo?

—En cuanto tengas la manzana en tus manos, tienes que darme un beso.

La princesa apenas pudo ocultar el asco que le dio, pero deseaba tanto recuperar la manzana que accedió. Así que cerrando los ojos, cogió al sapo con una mueca de disgusto y lo arrojó sin demasiados miramientos al cubo antes de bajarlo al pozo.

—¡Ya la tengo! —gritó el sapo desde el fondo del pozo y la princesa empezó a subir el cubo. Pero mientras el cubo se acercaba más y más a la boca del pozo, lamentó su apresurada promesa y lo soltó cruelmente. El cubo cayó repiqueteando y se hundió en el agua con un fuerte chapoteo. La princesa ignoró los gritos del sapo y se fue corriendo al castillo.

Aquella noche estalló una terrible tormenta y cayó una lluvia torrencial. A la mañana siguiente la princesa volvió al jardín de las rosas como de costumbre, pero al ver el pozo dio un grito ahogado: el agua salía rebosando de él y en medio del césped estaba el sapo con la manzana plateada entre las patas.

—La lluvia me ha sacado del pozo —dijo—. ¡Es una lástima que ayer soltaras el cubo!

Cuando la princesa vio lo bondadoso que era el sapo, se sintió muy mal por la forma en que lo había tratado.

—¿Quieres la manzana plateada?

—Sí, pero antes debo hacer algo por ti —repuso la princesa, y entonces se agachó y le dio un beso en la mejilla. ¡Y quién lo iba a decir! Al abrir los ojos descubrió que el sapo se había transformado en un apuesto príncipe.

Apéndice II

La araña temblequeante
Pholcus phalangoides

L a *Pholcus*, también conocida como la araña papá de patas larguiruchas, permanece en la telaraña perfectamente quieta durante el día. Pero cuando se la incordia, se mueve arriba y abajo como una loca haciendo vibrar la telaraña para protegerse de los depredadores. Sus largas patas son una ventaja, ya que le permiten mantenerse lejos de las presas peligrosas mientras quedan atrapadas en la telaraña. La *Pholcus* se alimenta de insectos y de otras arañas, aunque sean de su misma especie. Por la noche los machos buscan a las hembras y hacen vibrar la telaraña suavemente para atraerlas. Las arañitas recién nacidas se quedan alrededor de la telaraña de su madre, pero al crecer la abandonan para evitar que sus hermanos se las zampen.